Arena-Taschenbuch
Band 2309

*Margot Berger*
begann ihre Journalistenlaufbahn als Redakteurin bei großen Tageszeitungen und Frauenzeitschriften. Heute arbeitet sie als selbstständige Journalistin und Buchautorin in Hamburg. Als begeisterte Reiterin schreibt sie auch für Pferdezeitschriften und Jugend-Tiermagazine.

Von Margot Berger sind als Arena-Taschenbuch erschienen:
*Reiterhof Birkenhain:*
*Aufregung im Stall* (Arena-Taschenbuch Band 1970)
*Großer Auftritt für Sally* (Arena-Taschenbuch Band 1971)
*SOS – Pferd verschwunden* (Arena-Taschenbuch Band 1972)
*Ein starkes Team* (Arena-Taschenbuch Band 1973)
*Sturmnacht am Meer* (Arena-Taschenbuch Band 1974)
*Rettung in letzter Minute* (Arena-Taschenbuch Band 1975)
*Rätsel um das braune Fohlen* (Arena-Taschenbuch Band 1976)
*Achtung: Pferde in Not!* (Arena-Taschenbuch Band 1977)
*Spuk im Stall* (Arena-Taschenbuch Band 1978)
*Ende für die Reitschule?* (Arena-Taschenbuch Band 1979)

Sammelbände *Reiterhof Birkenhain:*
*In den Sattel, fertig, los . . .* (Arena-Taschenbuch Band 1980)
*Nicht ohne unsere Pferde!* (Arena-Taschenbuch Band 1981)
*Tumult im Pferdestall* (Arena-Taschenbuch Band 1982)
*Rettet die Pferde!* (Arena-Taschenbuch Band 2375)

Margot Berger

# Das große Pferdequiz

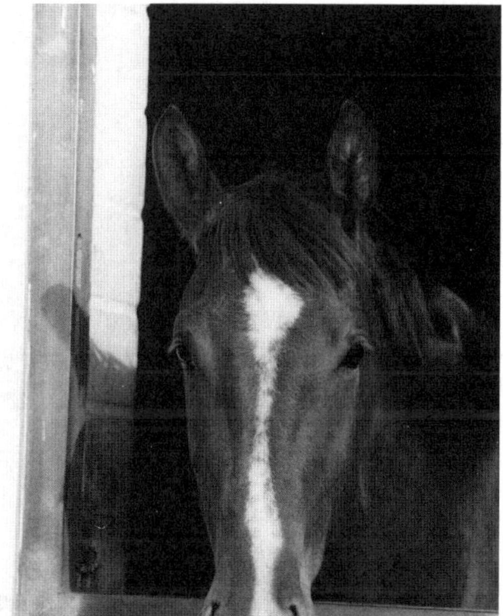

Arena

*In neuer Rechtschreibung*

1. Auflage als Originalausgabe im Arena-Taschenbuch 2005

Umschlaggestaltung: Frauke Schneider unter Verwendung von Fotos der Autorin
Fotos im Innenteil: Margot Berger
Umschlagtypografie: knaus. büro für konzeptionelle und visuelle identitäten, Würzburg
Gesamtherstellung: Westermann Druck Zwickau GmbH
ISSN 0518-4002
ISBN 3-401-02309-8

*www.arena-verlag.de*

# *Inhalt*

# Hallo, Pferdefan!

Superspannende, witzige und knifflige Quizfragen erwarten dich. Hier sind einige zum Aufwärmen:
»Für wen wiehert ein Pferd?«
»Wie bitten Fohlen ältere Pferde um Rücksicht?«
»Kriegen Pferde Sonnenbrand?«
»Wie baggern Hengste eine Stute an?«
»Steckt deine Laune das Pferd an?«
»Antworten Pferde einer Kuh?«
Manches ist verzwickter, als es auf den ersten Blick aussieht. Einige harte Nüsse sind dabei, aber es gibt auch leichte Fragen. Teste deinen Pferdeverstand!
Bei jeder Frage kannst du unter drei Antworten wählen.
Welche stimmt?
Für jede richtige Antwort gibt es einen Punkt.
Zum Schluss zählst du alle Punkte zusammen und guckst bei der Siegerehrung auf Seite 199 nach, wie gut du bist.
In den Antworten erfährst du ganz viel über Pferde – dies ist also nicht nur ein Quiz, sondern auch ein klasse Info-Buch für Pferdefans.

Viel Spaß beim Rätseln wünscht dir

Margot Berger

*1. Kapitel*

# Wie verhalten sich unsere Pferde?

**1.** Wie sagen sich Pferde »Guten Tag«?
a. Sie klopfen mit den Hufen aneinander
b. Sie rempeln sich liebevoll an
c. Sie blasen sich Atem in die Nüstern

◆

**2.** Welches Verhalten zeigt an, dass sich gute Pferdefreunde treffen?
a. Freundschaftlicher Biss in den Hals
b. Kopf und Hals werden aneinander gerieben
c. Sanfter Tritt ans Hinterteil

◆

**3.** Pferde möchten am liebsten allein gehalten werden. Stimmt das?
a. Nein, Pferde brauchen ein anderes Tier in der Nähe; die Stallkatze genügt aber als Partner
b. Ja, weil sie dann alle Möhren, Äpfel und Leckerli allein verputzen können
c. Nein, ein einzelnes Pferd verkümmert ohne mindestens einen echten Artgenossen

◆

**4.** Um mit Pferden klarzukommen, muss man
  a. lernen, wie Pferde denken und sich ausdrücken
  b. mindestens zwanzig verschiedene Rassen kennen
  c. nur Pferde reiten, die alle Reiterwünsche verstehen

◆

**5.** Was unterscheidet Wildpferde von unseren Stallpferden?
  a. Die Wildpferde-Herde zieht ständig weiter und frisst fast den ganzen Tag
  b. Wildpferde fressen nicht nur Gras, sondern auch kleine Tiere wie Mäuse und Hasen
  c. Stallpferde vertragen es grundsätzlich nicht, den ganzen Tag draußen zu sein

◆

**6.** Warum werden Pferde auch Fluchttiere genannt?
  a. Für Gangster auf der Flucht sind Pferde ideale Begleiter
  b. Weil ihre Urahnen vor Kriegen aus ihrer Heimat, der Mongolei, flüchteten
  c. Bei allem Unbekannten wittern Pferde Gefahr und stürmen los

**7.** Woher weiß man, wie Ur-Pferde ausgesehen haben?

a. Durch Versteinerungen
b. Aus dem Internet
c. Durch Berechnungen

◆

**8.** Das allererste Ur-Pferd war so groß wie ein

a. Reh
b. Fuchs
c. Löwe

◆

**9.** Wie heißen die letzten Wildpferde?

a. Dartmoor-Ponys
b. Tinker-Pferde
c. Przewalski-Pferde

◆

**10**. Schläft eine Wildpferde-Herde gleichzeitig?

a. Tagsüber ja, nachts allerdings nicht
b. Die Hälfte liegt, die andere Hälfte wacht
c. Ein Pferd bleibt als Wachposten stehen

**11.** Was ist mit Rangordnung gemeint?

a. Der Platz, den das Pferd in der Herde einnimmt

b. Die Übersicht über alle Turnierpreise des Pferdes

c. Die schräge Beinstellung von Pferden an Berghängen

◆

**12.** Wie regeln Pferde, wer in der Herde etwas zu sagen hat?

a. Durch Kämpfe und Unterwerfung

b. Es geht nach Größe und Alter

c. Wer zuerst da war, gibt den Ton an

◆

**13.** Wo geht das männliche Leitpferd in der Herde?

a. Vorne

b. Hinten

c. Es wechselt seine Position täglich

◆

**14.** Woran erkennt man die Leitstute?

a. Sie geht immer hinter der Herde

b. Man findet sie inmitten der Herde

c. Die Herde wird von ihr angeführt

**15.** Wer beansprucht die frisch gefüllte Wassertränke zuerst?

a. Fohlen und Mutterstuten
b. Leitstute und Leithengst
c. Alte und Schwache

◆

**16.** Leidet ein Pferd, wenn es nicht Chef der Herde ist?

a. Ja, jedes Tier möchte am liebsten der Boss auf der Koppel sein
b. Ja, der Besitzer muss eingreifen und das Leitpferd einschüchtern
c. Nein, Pferde sind meistens total zufrieden mit ihrem Platz

◆

**17.** Hengste spielen sich gern vor Stuten auf. Wie?

a. Durch Aufwölben des Halses und eleganten Trab
b. Sie steigen und stolzieren auf den Hinterbeinen
c. Durch einen fetzigen Galopp über die Koppel

◆

**18.** Wie nennt man es, wenn Hengste angeben?

a. Großmannssucht
b. Starmanieren
c. Imponiergehabe

◆

**19.** Wann kann ein neugeborenes Fohlen stehen?

a. Nach einem Tag
b. Nach einer Woche
c. Nach einer Stunde

◆

**20.** Was versteht man unter Prägephase?

a. Die ersten Stunden des Fohlens, wenn es sich seine Mutter einprägt
b. Das erste halbe Jahr, wenn die Mutter ihrem Fohlen alles beibringt
c. Den Tag, an dem das Brandzeichen ins Hinterteil geprägt wird

◆

**21.** Was traut sich ein drei Tage altes Fohlen?

a. Es bleibt neben den Vorderbeinen der Mutter
b. Es umkreist die Mutter auf der Weide mit Bocksprüngen
c. Es läuft überall im Gras hin und her, die Mutter im Blick

**22**. Warum müssen Fohlen in Herden aufwachsen?
a. So lernen sie den pferdegemäßen Umgang miteinander
b. Es ist praktischer, als eine extra Fohlenweide zu pachten
c. Sonst werden die Mutterstuten der Herde fremd

◆

**23**. Was passiert, wenn ein Fohlen nur mit Menschen groß wird?
a. Es will nicht allein in der Box schlafen
b. Es lernt die Sprache der Pferde nicht
c. Es frisst später kein normales Pferdefutter

◆

**24**. Wie bitten Fohlen ältere Pferde um Rücksicht?
a. Sie werfen sich auf die Vorderbeine
b. Sie senken den Kopf und schnauben
c. Sie kauen mit offenem Maul in der Luft

◆

**25**. Ein Pferd schwingt seinen Kopf heftig gegen ein anderes. Das heißt:
a. Hoffentlich bist du bald verschwunden!
b. Beknabbere mir mal die Mähne!
c. Besorg mir etwas zu fressen, Kumpel!

**26.** Wie nennt man eine geschlossene Gruppe von Pferden?

a. Rudel

b. Herde

c. Schwarm

◆

**27.** Wie sagt ein Pferd dem anderen »Spiel mit mir«?

a. Durch Anstoßen, Rempeln, leichtes Kneifen

b. Durch Ausschlagen mit beiden Hinterbeinen

c. Durch Wälzen und Umhergaloppieren

◆

**28.** Ein Pferd stellt den Schweif hoch. Das heißt auf der Weide:

a. Hallo, Herde, ich suche einen Freund

b. Ich renne gleich los, wer kommt mit?

c. Ich will mich mal ordentlich recken

◆

**29.** Womit betasten Pferde unbekannte Menschen?

a. Mit den Vorderhufen

b. Mit den Backen

c. Mit dem Maul

◆

**30**. Wie können nicht nur Menschen, sondern auch Pferde sich benehmen?
a. Hartherzig
b. Eifersüchtig
c. Gemein

◆

**31**. Wie viele Stunden wandert ein Weidepferd täglich im Gras umher?
a. Mehr als zwölf Stunden
b. Ein bis zwei Stunden
c. Fast 23 Stunden

◆

**32**. Wo schläft ein Pferd im Freien, wenn es die Wahl hat?
a. In einer tiefen Mulde auf der Koppel
b. Im überdachten Weide-Unterstand
c. Auf einer Bodenerhebung der Weide

◆

**33**. Wie stellen sich Weidepferde hin, wenn es stürmt?
a. Sie lassen sich den Wind um die Nase wehen
b. Am liebsten stehen sie quer zur Windrichtung
c. Sie drehen dem Wind ihr Hinterteil zu

**34**. Wann benutzen Pferde den Weide-Unterstand?
a. Bei Hitze, kaltem Wind, Insektenplage
b. Bei Regen, Schnee und gefrorenem Boden
c. Bei Gewitter, nachts und zum Wälzen

◆

**35**. Wie legen Pferde sich hin?
a. Sie stehen auf allen vieren und lassen sich dann seitlich auf den Boden fallen
b. Sie knicken zuerst die Vorderbeine ein und lassen sich dann hinten fallen
c. Sie gehen mit dem Hinterteil in die Knie und knicken dann die Vorderbeine ein

◆

**36**. Was machen Pferde vor dem Wälzen?
a. Auf dem Untergrund scharren
b. Auf den Boden äpfeln
c. Mit den Beinen aufstampfen

◆

**37**. Wälzen sich Pferde im Schnee?
a. Alle Pferde mögen Schnee
b. Alle Pferde bis auf Araber
c. Nur robuste Ponys wie Fjord-Pferde

◆

**38**. Warum scharren Pferde vor dem Baden im Teich?

a. Sie kühlen sich mit dem Spritzwasser ab
b. Um die Wassertiefe zu erkunden
c. Die Sauberkeit des Wasser wird geprüft

◆

**39**. Was darf bei schwimmenden Pferden nie unter Wasser geraten?

a. Hufe mit Hufeisen, weil die das Pferd herunterziehen
b. Die Ohren, weil Pferde dann ihr Gleichgewicht verlieren
c. Die Mähne, weil Pferde mit nasser Mähne Schlagseite bekommen

◆

**40**. Warum bewegen Pferde ständig die Ohren?

a. Sie nehmen Geräusche wahr und wägen ab, ob sie flüchten müssen
b. So vertreiben sie Mücken, die gern an ihren Ohren Blut saugen
c. Durch die Bewegung fächeln Pferde sich kühle Luft zu

◆

**41**. Warum beschnuppern Pferde alle Pferdeäpfel auf der Weide?
   a. Sie prüfen, ob das Gras ringsherum noch fressbar ist
   b. Sie erkennen daraus, welches Pferd vor ihnen da war
   c. Eine schlechte Angewohnheit, die man nicht dulden darf

◆

**42**. Was machen Pferde mit ihren Nüstern?
   a. Blähen
   b. Bauschen
   c. Wölben

◆

**43**. Wie antworten Pferde auf das Muh einer Kuh?
   a. Durch dunkles Wiehern
   b. Durch lautes Schnauben
   c. Sie antworten gar nicht

◆

**44**. Wo legen Pferde sich nicht hin?
   a. In den trockenen Sand des Auslaufs
   b. Auf harte und glatte Böden
   c. Auf windige Weide-Hügel

**45.** Wie bewegen sich Pferde in Freiheit meistens?
a. Im Trab
b. Im Galopp
c. Im Schritt

◆

**46.** Wie kratzen Pferde sich hinter den Ohren?
a. Mit einem Hinterhuf im Stehen
b. Mit einem Vorderhuf im Liegen
c. Nur durch Fellkraulen mit Partner möglich

◆

**47.** Wie wehren Pferde sich gegenseitig Fliegen ab?
a. Durch gegenseitiges Anpusten, während sie sich gegenüber stehen
b. Durch enges Umkreisen, damit Fliegen nicht zwischen sie kommen
c. Durch Schweifschlagen, während sie Kopf an Schweif stehen

◆

**48.** Finden Pferde im Dunkeln nach Hause?
a. Bei Dunkelheit nicht, tagsüber aber schon
b. Sie finden sich auch im Dunkeln zurecht
c. Nur, wenn sie den Weg häufig gegangen sind

**49**. Beim Füttern giften und schlagen Pferde oft. Wie nennt man das?

a. Haferwut
b. Futterneid
c. Fresszorn

◆

**50**. Schließen Pferde untereinander echte Freundschaft?

a. Ja, solche Freundschaften können ein Leben lang halten
b. Ja, aber sie vergessen einen verschwundenen Freund schnell
c. Nein, Pferde suchen nur nützliche Partner, z. B. zum Fellkraulen

◆

**51**. Wissen Pferde von Natur aus, was Reiten ist?

a. Großpferde ja, Ponys muss man es allerdings beibringen
b. Nein, sie müssen es lernen wie du eine Fremdsprache
c. Ja, weil sie schon viele tausend Jahre mit Menschen leben

◆

**52**. Wann springen Pferde in Freiheit über Hindernisse?

a. Nur, wenn sie gar keinen andern Ausweg sehen

b. Immer wenn etwas ihren Weg versperrt

c. Jederzeit gern, sonst gäbe es keine Springpferde

◆

**53**. Sind Pferde klug?

a. Sie sind ungewöhnlich klug und mit Menschenaffen vergleichbar

b. Sie besitzen die perfekte Klugheit für ein Herden- und Fluchttier

c. Sie sind erheblich dümmer und schlichter als Hunde und Katzen

*2. Kapitel*

# Verstehst du deinen vierbeinigen Freund?

**54**. Ein Pferd legt die Ohren an, schlägt mit dem Schweif. Das heißt:

a. Ich will mit dir schmusen

b. Hau bloß ab!

c. Gib mir Leckerli!

◆

**55**. Dunkles Blubbern bedeutet in Menschensprache:

a. Komm mir nicht zu nahe oder ich vergesse meine Erziehung

b. Ich habe schreckliche Bauchschmerzen, hilf mir doch

c. Schön, dass du da bist, ich fühle mich richtig wohl

◆

**56**. Darf man Pferde küssen?

a. Auf keinen Fall, weil dein Pferd sich sonst in dich verliebt

b. Nein, weil es passieren kann, dass ein Frosch daraus wird

c. Natürlich, aber nicht ausgerechnet mitten aufs Maul

◆

**57**. Welche Laute geben Pferde von sich?

a. Wiehern, Blubbern, Schnauben, Prusten
b. Schnauben, Blöken, Prusten, Wiehern
c. Blubbern, Schnauben, Pfeifen, Wiehern

◆

**58**. Dein Pferd nimmt beim Reiten den Kopf hoch und wiehert. Wer ist gemeint?

a. Sein Pferdefreund im Stall: »Hallo! Falls du mich suchst, ich bin in der Reithalle.«
b. Sein Reiter: »Sei ein echter Freund und kürze die Reitstunde heute ab.«
c. Das Pferd selber: »Ich bin total gut drauf und wiehere, solange ich will.«

◆

**59**. Wie sammelst du Pluspunkte bei Pferden?

a. Indem ich sie häufig streichele und umarme
b. Durch ständiges Schmusen und Kuscheln
c. Wenn ich Mähnenkamm und Kruppe kräftig bürste

◆

**60**. Kannst du Leittier für ein Pferd werden?
   a. Ja, dazu muss ich aber viel über sein Verhalten wissen
   b. Ja, wenn ich den Mut habe, mit einem Pferd zu kämpfen
   c. Natürlich nicht! Habe ich vielleicht vier Beine?

◆

**61**. Wann hat dein Pferd Respekt vor dir?
   a. Wenn ich es regelmäßig in die Ecke scheuche
   b. Durch lautes Anbrüllen, wenn es nicht gehorcht
   c. Wenn ich jeden Tag gleichmäßig mit ihm umgehe

◆

**62**. Was vergessen Pferde nicht?
   a. Situationen, in denen sie Freude oder Schmerz erlebt haben
   b. Pferde erinnern sich grundsätzlich nur an schmerzhafte Dinge
   c. Sie haben nur ein gutes Gedächtnis für Wege im Gelände

◆

**63.** Empfinden Pferde auch so etwas wie Hausfriedensbruch?

a. Unsinn. Jedes Pferd muss jederzeit dulden, dass ich seine Boxentür öffne und reingucke

b. Ja, wenn Fremde einfach in eine Pferdebox gehen, drohen ihnen Gefängnisstrafen

c. Ja, man muss jedes Pferd zur Sicherheit laut ansprechen, bevor man seine Box betritt

◆

**64.** Warum schrecken Pferde zurück, wenn man die Hand direkt vor ihnen erhebt?

a. Weil die Augen von Pferden seitlich liegen, erkennen sie schlecht, was sich vor ihnen tut

b. Weil Pferde sich Streicheleinheiten von Fremden generell verbitten

c. Pferde haben eine gute Nase, sie mögen den Geruch menschlicher Haut nicht

◆

**65.** Wie erkennst du, dass ein Pferd tief schläft?

a. Es kauert auf dem Boden, alle vier Beine sind untergeschlagen

b. Es liegt auf der Seite, alle vier Beine hat es weit von sich gestreckt

c. Es steht mit gesenktem Kopf, ein Hinterbein ist angewinkelt, der Huf steht leicht auf

**66.** Woran sieht man, dass schlafende Pferde träumen?

a. Augenbewegungen, Ohrenspiel, zuckende Hufe
b. Schweifschlagen, Wälzen, aufgerissenes Maul
c. Flehmen, Schwitzen, gegen die Boxenwand treten

◆

**67.** Ein schlafendes Pferd schreckt man nicht einfach auf. Warum?

a. Es bekommt Gehirnschäden, wenn man es aus dem Traum reißt
b. Seinen schweren Körper hochzustemmen strengt ein Pferd sehr an
c. Jeder Schreck löscht gelernte Lektionen aus der Reitstunde

◆

**68.** Mit wem freundet sich ein feuriger Araber auf der Weide wohl an?

a. Mit einem faulen Dressurpferd
b. Mit einem gemütlichen Fjord-Pferd
c. Mit einem fetzigen Reitpony

◆

**69.** Bei welcher Gruppengröße findet jedes Pferd einen Freund?
a. Bei drei Pferden
b. Bei vier Pferden
c. Bei fünf Pferden

◆

**70.** Wenn Pferde sich das Fell beknabbern, nennt man das
a. Pelzkontakt
b. Fellkraulen
c. Haarpflege

◆

**71.** Was fühlt ein Pferd, das sich wälzt?
a. Wut und Trotz
b. Frust und Eifersucht
c. Spaß und Vergnügen

◆

**72.** Was versteht man unter Scheuen?
a. Extreme Schüchternheit
b. Angst vor einem neuen Stall
c. Plötzliches Erschrecken

◆

**73.** Ein Pferd hört plötzlich auf zu fressen. Das bedeutet:

a. Ein ungewohntes Geräusch fesselt seine Aufmerksamkeit

b. Es hat sich an Gras einfach überfressen und mag nicht mehr

c. Im Futter war ein Fremdkörper, den es vor dem Schlucken aussortiert

◆

**74.** Dein Pferd zieht die Oberlippe zurück und flehmt. Was soll das?

a. Angeklebte Futterreste im Maul werden gelockert

b. Das Pferd zeigt deutlich seine gute Laune

c. Es konzentriert sich auf einen besonderen Duft

◆

**75.** Wann gähnen Pferde?

a. Wenn sie großen Hunger haben

b. Wenn sie müde oder gelangweilt sind

c. Wenn sie ihre Unterlegenheit zeigen

◆

**76.** Unbekannte Gegenstände werden von Pferden
a. beäugt und zertreten
b. bespuckt und weggestoßen
c. beschnuppert und beleckt

◆

**77.** Wann guckt dein Pferd aufmerksam für ein Foto?
a. Ich rufe dem Pferd laut zu: »Wo ist denn das Vögelchen?«
b. Jemand klappert mit der Futterschüssel oder führt ein Pferd vorbei
c. Ich erkläre dem Pferd, dass es mit gespitzten Ohren besser aussieht

◆

**78.** Warum steigt ein Pferd ungern auf einen Hänger?
a. Er wirkt auf das Tier wie eine geschlossene Höhle
b. Stundeslanges Stillstehen im Hänger hasst jedes Pferd
c. Es fürchtet sich vor Kurven, in denen es ins Schwanken kommt

◆

**79**. Eingeklemmter Schweif und steifer Gang bedeuten

a. Freude

b. Angst

c. Erregung

◆

**80**. Wofür sind nach vorn gerichtete Ohren ein Zeichen?

a. Entspannung und Interesse

b. Ärger und Aggression

c. Schmerz und Stress

◆

**81**. Was sagst du, um ein Pferd zu beruhigen?

a. Sei still!

b. Ruuuhig

c. Nein!

◆

**82**. Wo krault man ein Pferd, damit es sich entspannt?

a. An der Backe

b. Am Widerrist

c. Am Huf

◆

**83**. Wie mildert man die Angst vorm Schmied?
   a. Indem man das Pferd in Vollnarkose beschlagen lässt
   b. Ein guter Bekannter steht am Kopf des Pferdes
   c. Das Pferd muss lernen, allein damit fertig zu werden

◆

**84**. Was passiert, wenn du einem Pferd nachrennst?
   a. Es bleibt sofort stehen, weil es das gelernt hat
   b. Es läuft noch schneller und du kriegst es nicht
   c. Es dreht sich um und kommt dir entgegen

◆

**85**. Pferde scheuen vor einem bekannten Menschen, wenn
   a. der erst still steht und sich dann plötzlich bewegt
   b. er seine Stimme verstellt und anders spricht
   c. er auf einem ranghöheren Pferd reitet

◆

**86**. Was macht vielen Pferden Angst?
a. Der Anblick großer Kuhweiden mit Jungbullen
b. Der Geruch von Schweinen und Schweineställen
c. Das laute Blöken von Schafen und Lämmern

◆

**87**. Bei einem Ausritt hält dein Pferd einfach an und grast. Was tust du?
a. Ich erlaube es nur, wenn ich für mich Schokoriegel dabeihabe
b. Ich dulde es, weil man Pferde immer Gras fressen lassen muss
c. Ich treibe mein Pferd vorwärts und lasse es nicht fressen

◆

**88**. Wie schnell muss man Pferde loben, damit sie den Zusammenhang verstehen?
a. Innerhalb von drei Minuten
b. Innerhalb von einer Minute
c. Innerhalb von zwei Sekunden

◆

**89.** Kann man Pferde nur »mit Stimme« loben?
a. Nein, Pferde brauchen Leckerli als Lob
b. Ja, aber das kann nur der Reitlehrer
c. Ja, aber nur mit dem richtigen Tonfall

◆

**90.** Bewegen Pferde sich genug, wenn sie täglich geritten werden?
a. Ja, aber nur, wenn der Reiter nicht zu viel wiegt
b. Nein, sie brauchen auch eine große Box zum Umhergehen
c. Nein, Pferde müssen auch frei laufen können

◆

**91.** Was wünschen Pferde sich nach der Reitstunde?
a. Sich zu wälzen
b. Den Reiter abzuwerfen
c. Einen Trog voller Futter

◆

**92.** Was macht Stallpferde ausgeglichen?
a. Die ganze Nacht durchschlafen
b. Stundenlanges Kauen von Heu
c. Häufiges Putzen durch Reiter

**93**. Darf man Pferde ständig mit Leckerli verwöhnen?

a. Ja, das ist wichtig, um ihre Freundschaft zu gewinnen

b. Nein, dadurch können sie zu Beißern werden

c. Pferde in Boxen ja, Weidepferde nicht

◆

**94**. Was ist das Wichtigste beim Füttern?

a. Ruhe im Stall

b. Geschlossene Fenster

c. Viel Kraftfutter

◆

**95**. Wem gibt man im Offenstall zuerst Futter?

a. Dem Leittier der Herde

b. Dem Jüngsten aus der Gruppe

c. Dem Ältesten der Herde

◆

**96**. Wie erkennst du, dass Pferde das Bürsten genießen?

a. Ihre Augen werden genüsslich verdreht

b. Die Oberlippe zuckt und wird lang gemacht

c. Sie tänzeln auf der Stelle hin und her

**97**. Steckt deine Stimmung das Pferd an?
a. Ja, wenn ich mich fürchte, wird auch mein Pferd ängstlich
b. Nein, aber es freut sich, wenn ich ihm viele Leckerli gebe
c. Nein, Pferde reagieren nicht auf die Launen von Menschen

◆

**98**. Welche Pferde verdienen die beste Behandlung?
a. Araber und Galopprennpferde
b. Schlachtpferde und Ackerpferde
c. Alle verdienen gleich gute Behandlung

*3. Kapitel*

# Kennst du Rassen, Farben, und andere Pferdemerkmale?

**99**. Was kennzeichnet Friesenpferde?

a. Sie sind intelligenter als andere Pferde

b. Sie sind zwar Kaltblüter, aber reitbar

c. Sie sind ausschließlich schwarz

◆

**100**. Woher hat der Haflinger seinen Namen?

a. Er frisst ausschließlich Hafer

b. Er stammt aus dem Dorf Hafling

c. Der erste Züchter hieß Hans Hafling

◆

**101**. Welche Pferde stammen aus Deutschland?

a. Friese, Gelderländer, Freiberger

b. Oldenburger, Holsteiner, Westfale

c. Hunter, Connemara, Foxtrotter

◆

**102**. Wie lebten Shettys vor 150 Jahren in England?

a. Sie streiften in freien Herden durch Englands Moore

b. Sie wurden am Königshof zur Belustigung gehalten

c. Sie schufteten als Grubenpferde unter der Erde

◆

**103**. Am Brandzeichen H erkennt man
a. halftergewöhnte Ponys
b. Hannoveraner Pferde
c. Hamburger Derby-Rennpferde

◆

**104**. Wie heißt die Rasse, die auf einer Insel mit heißen Quellen gezüchtet wird?
a. Insulaner-Pferd
b. Island-Pferd
c. Whirlpool-Pony

◆

**105**. Was sind Mustangs?
a. Verwilderte Pferde, die von entlaufenen Pferden abstammen
b. Kleine Lastwagen, die Nachfolger von Pferdegespannen
c. Ausgebildete Filmpferde in Hollywood

◆

**106**. Das Brandzeichen »O« mit Krone darüber bedeutet:
a. Osnabrücker Kaltblut
b. Oldenburger Pferd
c. Zeichen des holländischen Königshauses

**107**. Was ist ein Andalusier?
a. Spanisches Reitpferd aus Andalusien
b. Anderer Begriff für »Loser« = zum Reiten unbrauchbares Pferd
c. Heftiger Ruck am Zügel für eine Notbremsung

◆

**108**. Die gescheckten Tinker waren in Irland die Pferde der
a. Polizei
b. Gastwirte
c. Kesselflicker

◆

**109**. Welches dieser Pferde besteht aus Holz?
a. Holzrücke-Pferd
b. Trojanisches Pferd
c. Holzsteiner

◆

**110**. Welche Pferde stammen aus Ländern mit dem Gruß »Salam aleikum!«?
a. Araber
b. Sahara-Halbblut
c. Appaloosa

**111**. Was ist der Unterschied zwischen Fjord-Pferd und Norweger?

a. Fjord-Pferde stammen aus allen Ländern mit Meeresbuchten. Norweger nur aus Norwegen

b. Fjord-Pferde sind Ponys. Norweger große Warmblutpferde wie z. B. unsere Hannoveraner

c. Es gibt keinen Unterschied zwischen Fjord-Pferden und Norwegern

◆

**112**. Welche Ponyrasse gibt es nicht?

a. Exmoor

b. Inmoor

c. Dartmoor

◆

**113**. Welche Pferde gehören zur Wiener Hofreitschule?

a. Lipizzaner

b. Andalusier

c. Araber

◆

**114**. Was vertragen Araber-Pferde schlecht?
a. Brüllend heiße Sommertage
b. Knackig kalte Wintertage
c. Dauerregen mit eisigem Wind

◆

**115**. Welches Rassepferd hob Pippi Langstrumpf hoch?
a. Knabstrupper
b. Lipizzaner
c. Araber

◆

**116**. Was ist ein Polizeipferd?
a. Ein ausgebildetes Pferd, mit dem Polizisten auf Streife gehen
b. Ein gefährliches Pferd, das bei der Polizei gemeldet sein muss
c. Ein mutiges Pferd, das durch brennende Reifen springen kann

◆

**117.** Wodurch entstand Western-Reiten?

a. Die Einwanderer in Amerika ritten immer Richtung Westen

b. Cowboys im Wilden Westen erfanden es als Zeitvertreib

c. Man brauchte wendige Pferde, um Rinderherden zu hüten

◆

**118.** Welche Ponys nennt man Falabella?

a. Ponys, die wegen ihrer Schönheit Preise gewinnen

b. Ponys in der hellbraunen Farbe »Falb«

c. Die kleinste Ponyrasse der Welt

◆

**119.** Bis zu welcher Höhe spricht man von Ponys und Kleinpferden?

a. Bis 1,20 m

b. Unter 1 m

c. Bis 1,48 m

◆

**120**. Was ist ein Maultier?

a. Ein Pferd mit extrem unempfindlichem Maul

b. Eine Eselrasse mit weißem Fell ums Maul

c. Eine Kreuzung aus Eselhengst und Pferdestute

◆

**121**. Woher stammt der Name Quarter-Horse?

a. Vom Preis, der üblicherweise für ein Pferd gezahlt wurde

b. Von den Pferdeställen direkt am Quartier des Besitzers

c. Von der Strecke, auf der das Pferd extrem schnell ist

◆

**122**. Welches Pferd ist am größten?

a. Friese

b. Hannoveraner

c. Shire-Horse

◆

**123**. Welche Rasse zieht schwere Bierwagen?

a. Schwere Kaltblüter

b. Starke Haflinger

c. Robuste Brauerei-Pferde

**124**. Haben Kaltblüter tatsächlich kaltes Blut?
   a. Ja. Diese Pferde vertragen auch nur eiskaltes Trinkwasser
   b. Ja. Man darf sie nur in schneesicheren Landschaften halten
   c. Nein. Sie heißen nur deswegen so, weil sie cool sind

◆

**125**. Werden Schimmel weiß geboren?
   a. Logisch. Wie sollen sie später noch an das weiße Fell kommen?
   b. Nein. Die Fohlen sind zuerst Braune, Füchse oder Rappen
   c. Ja. Aber nur in Eisgebieten, das weiße Fell dient der Tarnung

◆

**126**. Ein pechschwarzes Pferd nennt man
   a. Schwarzkittel
   b. Nacht-Ross
   c. Rappe

◆

**127**. Was kennzeichnet einen Fuchs?

a. Sein Fell ist immer rötlich, die Mähnenfarbe ist egal

b. Mähne und Schweif haben die Farbe des Fells oder sie sind heller

c. Der Schweif muss besonders dicht, buschig und weich aussehen

◆

**128**. Wie sieht die Mähne eines Braunen aus?

a. Braun

b. Schwarz

c. Weiß

◆

**129**. Was ist Stichelhaar?

a. Ein anderer Ausdruck für eine kurze Stehmähne

b. Fadenreste, wenn eine Wunde genäht werden musste

c. Einige weiße Haare, die man im dunklen Fell sieht

◆

**130**. Norwegische Fjord-Pferde sind Falben. Was ist das?

a. Vierbeinige Feen aus norwegischen Märchen

b. Trittsichere Pferde, die nicht stolpern und fallen

c. Eine spezielle hellbraune bis gelbliche Farbe

◆

**131**. Was ist typisch für Schecken?

a. Dieses Zahlungsmittel verwendet man nur beim Pferdekauf

b. Die auffallende Fellzeichnung mit Punkten oder großen Mustern

c. Sie werden als Deckhengste bei Westernpferden eingesetzt

◆

**132**. Welche Farbe hatte das Filmpferd Black Beauty?

a. Total schwarz

b. Schwarz mit heller Mähne

c. Weiß mit schwarzer Mähne

◆

**133.** Welche Farbe findet man nicht bei Wildpferden?
a. Rappen
b. Braune
c. Schimmel

◆

**134.** Was versteht man unter Aalstrich?
a. Aalförmige Blesse auf der Stirn
b. Schwarze Rückenlinie bei einigen Ponys
c. Zusatzfutter aus Aalen

◆

**135.** Der Name für die weißen Stellen im Pferdegesicht ist
a. Wahrzeichen
b. Abzeichen
c. Kennzeichen

◆

**136.** Wie heißt ein kleines weißes Merkmal auf der Stirn?
a. Sonne
b. Mond
c. Stern

◆

**137**. Was ist eine Blesse?

a. Langes weißes Abzeichen im Pferdegesicht
b. Weiße Haare an den Schläfen alter Pferde
c. Weißes Fell an den Vorderbeinen

◆

**138**. Weiße Stellen zwischen den Nüstern heißen

a. Schrippe
b. Schippe
c. Schnippe

◆

**139**. Laterne nennt man beim Pferd

a. das Lüften des Schweifes bei rossigen (paarungsbereiten) Stuten
b. mit Leuchtgamaschen umwickelte Beine
c. extrem breite Blesse, die sich übers ganze Gesicht zieht

◆

**140**. Wie heißt ein weiß-rosa gesprenkeltes Maul?

a. Leopardenmaul
b. Krötenmaul
c. Sommersprossenmaul

◆

**141**. Was ist ein Mehlmaul?

a. Heller Rand am Maul, der vom Wälzen im Sand stammt

b. Weißes Fell rund um Maul und Nüstern

c. Die Bezeichnung gibt es ausschließlich bei Eseln

◆

**142**. Wo sitzt der Schopf?

a. In der Fesselbeuge

b. Oben an der Stirn

c. Am Anfang des Schweifes

◆

**143**. Wie viele scharfe Reißzähne besitzt jedes Pferd?

a. Zwei

b. Vier

c. Keine

◆

**144**. Zweimal im Jahr wechselt ein Pferd

a. sein Fell

b. seine Zähne

c. seine Mähnenhaare

◆

**145.** Das Winterfell von Warmblut-Pferden wirkt wie ein
a. Trainingsanzug
b. Regenumhang
c. Pelzmantel

◆

**146.** Der Name eines Gelenkes am Pferdebein klingt wie ein Zungenbrecher
a. Vorderfußgurkengelenk
b. Vorderfußwurzelgelenk
c. Vorderfußfenchelgelenk

◆

**147.** Die Pferdebrust trägt einen Namen, den man von Schiffen kennt
a. Bug
b. Heck
c. Backbord

◆

**148.** Was haben Menschen und auch Pferde?
a. Schweifwirbel
b. Widerrist
c. Kniescheibe

◆

**149**. Die Horn-Gebilde an den inneren Pferdebeinen heißen
a. Eichel
b. Kastanie
c. Zapfen

◆

**150**. Um ein Fohlen zu bekommen, brauchen Stuten ... ja, wen?
a. Vollblut-Machos
b. Deckhengste
c. Allein erziehende Wallache

◆

**151**. Wie lange trägt eine Stute ihr Fohlen aus?
a. Gleich lange wie eine Frau
b. Kürzer als eine Frau
c. Länger als eine Frau

◆

**152**. Wie heißt die Zeit, in der das Fohlen im Bauch wächst?
a. Schwangerschaft
b. Trächtigkeit
c. Brutzeit

◆

**153**. Kennst du den Namen der Anlage, auf der viele Fohlen geboren werden?

a. Gestüt

c. Schneller Brüter

b. Tierklinik

◆

**154**. Wie nennt man einen Pferdemann, der kein Hengst mehr ist?

a. Wallach

b. Walhalla

c. Waller

◆

**155**. Was ist ein Ramskopf?

a. Ein Pferd, das ständig Streit in der Herde sucht

b. Ein unerzogenes Pferd, das Menschen anrempelt

c. Ein nach vorn gewölbter Pferdekopf

◆

**156**. Welches Organ ist bei Pferden besonders wichtig und groß?

a. Herz

b. Lunge

c. Magen

**157**. Wenn ein Pferd als trittsicher gilt, dann

a. trifft es garantiert, wenn es austritt

b. stolpert es fast nie im Gelände

c. hat es so gute Hufe, dass es keine Hufeisen braucht

◆

**158**. Unter Griffelbein versteht man:

a. Auffallend dünne Reiterbeine

b. Einen dünnen Knochen im Pferdebein

c. Hochgeschobene Reithosen

◆

**159**. Die obere Halskante mit der Mähne nennt man:

a. Mähnenkamm

b. Mähnenscheitel

c. Mähnenspitze

◆

**160**. Der zahnfreie Raum zwischen den Zähnen im Pferdemaul heißt:

a. Gewölbe

b. Kiefernhöhle

c. Laden

◆

**161**. Was verstehst du unter Deckhaar?
a. Die feinen Fasern einer Pferdedecke
b. Das Körperfell außer Mähne und Schweif
c. Mähne und Schweif ohne das Körperfell

◆

**162**. Womit kann man das Horn des Hufes vergleichen?
a. Mit unserer Haut
b. Mit unseren Haaren
c. Mit unseren Fingernägeln

◆

**163**. Wie viele Kilo Pferdeäpfel hinterlässt ein großes Pferd täglich?
a. 15 kg
b. 2 kg
c. 5 kg

◆

**164**. Was wiegt ein Großpferd, z. B. ein Holsteiner?
a. 100–200 kg
b. 300–400 kg
c. 500–600 kg

◆

**165**. Stockmaß ist

a. die Länge einer Reitgerte

b. Pferdehöhe bis zum Widerrist

c. Mindesthöhe einer Boxenwand

◆

**166**. Woran erkennt man das Alter von Pferden am besten?

a. An den Zähnen

b. An den Beinen

c. Am Fell

◆

**167**. Wann beginnt ein Pferd alt zu werden?

a. Mit 10–12 Jahren

b. Mit 15–20 Jahren

c. Mit 30–35 Jahren

*4. Kapitel*

# Weißt du Bescheid über Pflegen, Reiten, Pferdesport?

**168**. Warum putzt du dein Schulpferd selber?

a. Damit ich es vor der Reitstunde mit Leckerli bestechen kann

b. Um sein Verhalten und seine Tageslaune kennen zu lernen

c. Um den anderen zu zeigen, dass ich die Macht habe

◆

**169**. Warum soll jedes Pferd eigenes Putzzeug haben?

a. Damit keine Krankheiten übertragen werden

b. Um Streit zwischen den Reitern zu vermeiden

c. Weil Pferde sich an ihre Bürsten gewöhnen

◆

**170**. Wo darf man sein Pferd nicht mit dem harten Striegel bearbeiten?

a. An allen knochigen Stellen – Wirbelsäule, Hüfte, Kopf, Beine

b. An den kitzeligen Stellen, z. B. unterm Bauch

c. Es gibt keine Ausnahmen, da Striegel zum Abhärten da sind

**171**. Wie reinigst du den Striegel während der Arbeit?
a. So lange putze ich gar nicht
b. Ich puste kräftig den Staub heraus
c. Der Striegel wird auf harten Boden geschlagen

◆

**172**. Wie heißen die Putzbürsten für Pferde?
a. Reitborsten
b. Kardätschen
c. Pferdeschrubber

◆

**173**. Soll man Weidepferde täglich putzen?
a. Ja, sonst bekommen sie Räude und Ekzeme
b. Nein, das struppige Fell trotzt Insekten und Regen
c. Nein, inmitten der Herde ist das zu gefährlich

◆

**174**. Was ist mit dem Wort »verlesen« beim Pferdeputzen gemeint?
a. Das Säubern der Schweifhaare, die man einzeln auseinander zieht
b. Bei Anfängern muss der Reitlehrer eine Gebrauchsanweisung zum Putzzeug verlesen
c. Man hat sich bei den Pferdenamen verlesen und die falsche Bürste erwischt

**175.** In welchem Umkreis darf beim Putzen nichts herumstehen?

a. Nur direkt neben dem Anbindepfosten

b. Pferdelänge plus Stricklänge: 3 m bis 3,50 m

c. Für mich uninteressant; mein Pferd steht immer still

◆

**176.** Wie lang bindet man sein Pferd an?

a. So lang wie möglich, etwa 1,20 m lang

b. So kurz wie möglich, damit es keinen Unsinn machen kann

c. 60–80 cm ist die ideale Länge

◆

**177.** Wie heißt der Sicherheitshaken am Strick?

a. Panikhaken

b. Fluchthilfe

c. Scheuklappe

◆

**178.** Warum muss man die Hufe täglich auskratzen?

a. Damit das Pferd lernt seine Hufe anzuheben

b. Unnötig! Sauberkeitswahn von Erwachsenen!

c. Weil sich sonst Mist und Steine in die Hufsohle drücken

**179.** Wie bereitest du Hufeauskratzen vor?

a. Ich streiche am Pferdebein entlang, umfasse den Huf, ziehe ihn hoch und stütze ihn auf meinen Oberschenkel

b. Ich warte ab, bis das Pferd mit ausgestreckten Beinen auf der Seite liegt und schläft, dann liegen die Hufe frei

c. Ich reite mein Pferd durch Pfützen und ermuntere es, kräftig aufzustampfen, damit der Schmutz sich löst

◆

**180.** Wann sollte man Hufe lediglich einfetten?

a. Nach dem Waschen, solange sie noch feucht sind

b. Wenn sie knochentrocken und bröckelig sind

c. Jedes Mal vor dem Ausritt ins Gelände

◆

**181.** Was ist der Kronrand?

a. Leicht gewölbter Abschluss des Hufes

b. So nennt man die weiße Linie unterm Huf

c. Name für die Querrillen auf dem Huf

◆

**182**. Wie schnell wächst der Huf?

a. Einen Zentimeter im Jahr

b. Fünf Zentimeter im Monat

c. Einen Zentimeter im Monat

◆

**183**. Wie oft soll ein Schmied die Hufe bearbeiten?

a. Alle 6–8 Wochen

b. Alle drei Monate

c. Einmal im Jahr

◆

**184**. Wie verhinderst du, dass dir beim Putzen Schweifhaare ins Gesicht fliegen?

a. Ich schneide den Schweif ein Stück kürzer

b. Ich schlinge einen dicken Knoten in den Schweif

c. Ich stecke den Schweif in einen Müllsack und binde ihn zu

◆

**185**. Nur an einen Begriff kannst du alle drei Wörter anhängen: -gurt, -kammer, -seife

a. Sattel

b. Voltigier

c. Futter

**186**. Wie trägt man einen Sattel am einfachsten?

a. Aufgelegt auf einen Arm oder auf beide Unterarme

b. Auf dem Kopf, so wie auch Naturvölker Lasten tragen

c. Man trägt ihn nicht, man schiebt ihn mit dem Fuß vor sich her

◆

**187**. Worauf legt man seinen Sattel ab?

a. Sattelbock

b. Sattelgams

c. Sattelbulle

◆

**188**. Was zeichnet einen Vielseitigkeitssattel aus?

a. Man kann ihn problemlos auch aufs Fahrrad schnallen

b. Er kann zum Springen und Dressurreiten benutzt werden

c. Bei Abnutzung lässt er sich auf die andere Seite drehen

◆

**189**. Wann liegt der Sattelgurt richtig?

a. Zwischen Gurt und Vorderbein ist ein halber Meter Platz

b. Zwischen Gurt und Vorderbein ist eine Handbreit Platz

c. Zwischen Gurt und Hinterbein ist eine Handbreit Platz

◆

**190**. Warum kriegt man den Sattelgurt oft nicht zu?

a. Das Pferd bläst sich enorm auf

b. Das Pferd hat drastisch zugenommen

c. Der Gurt ist beim Waschen eingelaufen

◆

**191**. Was nennt der Reiter Gebiss?

a. Blaue Flecke nach dem Zuschnappen

b. Die gebleckten Pferdezähne

c. Das Metallstück der Trense

◆

**192**. Was machst du vor dem Auftrensen mit dem rechten Arm?

a. Um die Pferdenase fassen

b. Den Mähnenschopf ordnen

c. Das abgenommene Halfter halten

**193**. Wenn das Pferd beim Trensen sein Maul nicht öffnet,

a. schlägt man das Metall-Trensengebiss gegen die Zähne

b. drückt man den Daumen seitlich fest ins Maul

c. zieht man mit der Hand Ober- und Unterkiefer auseinander

◆

**194**. Wie trägt man das Zaumzeug richtig?

a. Lose in der Hand

b. Umgeknotet wie einen Gürtel

c. Über die Schulter gehängt

◆

**195**. Ein Stallhalfter legt man an, indem man zuerst

a. ihn eine Zeit lang hinhält, bis das Pferd den Kopf durchsteckt

b. den Riemen des Genickstücks über den Mähnenkamm legt

c. den Nasenriemen auseinander hält und über den Nasenrücken zieht

◆

**196**. Braucht Lederzeug Pflege?

a. Ja, sonst wird es hart, brüchig und kann scheuern

b. Ja, weil Pferde Lederfett am Zaumzeug gern riechen

c. Nein, Naturprodukte wie Leder bleiben auch so schön

◆

**197**. Die Kopfbedeckung beim Reiten trägt den Namen

a. Reitmütze

b. Reitkappe

c. Reitdeckel

◆

**198**. Warum haben Reitstiefel einen Absatz?

a. Der Absatz bietet Halt, der Fuß rutscht nicht durch den Steigbügel

b. Überholte Mode aus der Zeit, als Soldaten mit Militärstiefeln ritten

c. Beim Gehen durch den Stall latscht man nicht so sehr

◆

**199**. Was rufst du, bevor du eine Reithalle mit Reitern betrittst?

a. Verschwindet, aber schnell!
b. Tür frei!
c. Gar nichts, warum?

◆

**200**. Was machst du vor dem Aufsitzen?

a. Nachgurten, damit der Sattel beim Aufsteigen nicht verrutscht
b. Leckerli geben, damit mein Pferd frisst und dabei stillsteht
c. Ich nehme drei Meter Anlauf, um besser hochzukommen

◆

**201**. Was ist der Hufschlag?

a. Einschlagen der Nägel, wenn das Pferd Hufeisen bekommt
b. Auskeilen eines Pferdes nach einem Artgenossen
c. Geebneter Weg in der Reithalle, sozusagen die »Verkehrsstraße«

◆

**202**. Warum reitet man zu Beginn der Reitstunde Schritt?

a. Muskeln und Gelenke des Pferdes müssen geschmeidig werden

b. Damit in der Reithalle nicht sofort ein heilloses Gejage losgeht

c. Die Reiter brauchen Zeit, sich an die Lektionen zu erinnern

◆

**203**. »Eine Pferdelänge Abstand halten«, ordnet der Reitlehrer an. Wie viele Meter sind das?

a. Ungefähr 1,00 m

b. Ungefähr 4,20 m

c. Ungefähr 2,40 m

◆

**204**. Wann fühlt dein Pferd sich wohl?

a. Wenn der Schweif locker pendelt

b. Wenn das Maul aufgerissen ist

c. Wenn die Ohren flach angelegt sind

◆

**205.** Wann nennt man ein Reitpferd »losgelassen«?
a. Wenn der Reitlehrer es von der Longe loslässt
b. Wenn es zufrieden schnaubt und sein Rücken schwingt
c. Wenn man nicht in der Gruppe reitet, sondern einzeln

◆

**206.** Warum werfen manche Pferde ihre Reiter ab?
a. Weil sie von Natur aus böse oder hinterhältig sind
b. Aus Angst, wegen Schmerzen oder Bewegungsdrang
c. Um den Reitern zu zeigen, dass sie stärker sind

◆

**207.** Rückwärtsrichten – was ist das?
a. Turnier, bei dem der Richter die Verlierer auszeichnet
b. Das Pferd geht auf Grund der Einwirkung des Reiters rückwärts
c. Vor einem Hindernis scheut das Pferd und weicht zurück

◆

**208**. Was bedeutet Bodenarbeit?

a. Harken der Sägespäne auf dem Boden der Reithalle

b. Gymnastik der Voltigierkinder vor dem Turnen

c. Ausbildung eines Pferdes vom Boden aus

◆

**209**. Wie gewöhnt man junge Pferde an das Reitergewicht?

a. Man legt sich quer über den Rücken

b. Man schnallt Bleigewichte auf den Sattel

c. Durch vorsichtiges Aufsteigen

◆

**210**. Was ist das Wichtigste bei einer Longenstunde?

a. Ohne Zügel richtig sitzen zu lernen

b. Im Kreis galoppieren zu üben

c. Andere Reiter nicht zu stören

◆

**211**. Das müssen Voltigierpferde können:

a. Mit Packtaschen auf Berge klettern

b. Angebundene Holzstämme wegrücken

c. Turner auf dem Rücken dulden

◆

**212**. Können auch Behinderte reiten?

a. Nein, das ist zu gefährlich
b. Ja, auf entsprechenden Pferden
c. Ja, aber nur auf eigenen Pferden

◆

**213**. Was ist eine Abteilung?

a. Alle Boxen rechts und links der Stallgasse
b. Abtrennung zwischen den Boxen
c. Eine ganze Gruppe von Reitern

◆

**214**. Wie schreibt man die schnellste Gangart richtig?

a. Gallop
b. Galopp
c. Gallopp

◆

**215**. Was ist bei einem Ausritt streng verboten?

a. Das Vorderpferd zu überholen
b. Während des Reitens zu reden
c. Tannengrüne Reitwesten zu tragen

◆

**216**. Was ist mit »leichter Sitz« gemeint?

a. Reiter, die deutlich unter 50 Kilo wiegen
b. Nach vorn geneigte Haltung im Galopp
c. Extrem leichte Kunststoff-Sättel

◆

**217**. Auf einer Verkehrsstraße reitet man

a. einzeln hintereinander, und zwar rechts auf der Straße
b. zu viert nebeneinander, damit kein Auto überholen kann
c. gar nicht. Man sitzt ab und führt sein Pferd über den Gehweg

◆

**218**. Beim Galopp kommt dir ein Fußgänger entgegen. Was tust du?

a. Ich lasse mein Pferd Schritt gehen, bis ich ein Stück am Fußgänger vorbei bin
b. Falls er sehr alt ist, trabe ich, damit er nicht vor Schreck einen Herzschlag bekommt
c. Ich bleibe im Galopp, halte aber deutlichen Abstand zum Fußgänger

◆

**219.** Angstpferde gehen an »gefährlichen Stellen« vorbei, wenn

a. ein erfahrenes Pferd vorangeht
b. man es mit Gewalt vorwärts treibt
c. man weit auf einen Acker ausweicht

◆

**220.** Was machst du beim Absitzen mit Armen und Händen?

a. Hoch über den Kopf halten
b. Vorne am Sattel abstützen
c. Nach rechts und links ausbreiten

◆

**221.** Was machst du nach dem Reiten mit der Trense?

a. Am Pferdekopf lassen, bis ich mit dem Putzen fertig bin
b. Ich wasche das Metallgebiss im Wassereimer ab
c. Ich lege die Riemen über den Sattel auf dem Sattelbock

◆

**222**. Wozu dient eine Pferdedecke im Winter?
a. Nach dem Reiten schützt sie erhitzte Pferde vor Zugluft
b. Damit trocknet man nasse Reitstiefel ab
c. Pferde brauchen Tag und Nacht eine warme Jacke

◆

**223**. Wie wird ein schwitzendes Pferd im Sommer versorgt?
a. Es wird in eine Pferdedecke eingepackt
b. Schwitzende Pferde bürstet man nur über
c. Man wäscht es mit kaltem Wasser ab

◆

**224**. Die Zügel schleifen lassen, was ist damit gemeint?
a. Abgenutzte Zügel an einer Schleifmaschine aufrauen lassen
b. Im Leben schlampig und nachlässig werden
c. Nach dem Reiten die Zügel über den Boden gleiten lassen

◆

**225**. Die Rennstrecke der Galopprennbahn heißt
a. Geläuf
b. Laufbahn
c. Rennmeile

◆

**226**. Welche Pferde laufen auf Galopprennbahnen?
a. Vollblüter
b. Warmblüter
c. Alle Rassen

◆

**227**. Wie schnell laufen Rennpferde?
a. 30–40 km/h
b. 60–70 km/h
c. 100–120 km/h

◆

**228**. Wann darf ein Berufsrennreiter sich Jockei nennen?
a. Nach 20 überstandenen Stürzen
b. Nach 50 gewonnenen Rennen
c. Nach 200 Rennen in Europa

**229**. Wozu sind Scheuklappen gut?

a. Die Lederklappen am Zaumzeug verhindern Ablenkung

b. Bei Unruhe im Hof klappt man sie vor die Boxenfenster

c. Beim Gelassenheits-Training klappt man sie aus der Bande

◆

**230**. Welche Strecke schaffen Pferde pro Stunde im Schritt?

a. 1–2 km

b. 3–4 km

c. 5–6 km

◆

**231**. Wie heißt der kleine Wagen auf Trabrennbahnen?

a. Landauer

b. Sulky

c. Kutsche

◆

**232**. Verfolgen Reiter bei Fuchsjagden tatsächlich Tiere?

a. Ja, aber nur wenn der Förster das vorher genehmigt hat

b. Nein, ein Reiter steckt sich einen Fuchsschwanz an die Jacke

c. Nein, weil sie die erlegten Tiere nicht mitnehmen könnten

◆

**233**. Wer ist ein »horseman«?

a. Jeder Besitzer eines eigenen Reitpferdes

b. Reiter, der drei Turniere gewonnen hat

c. Pferdekenner, für den Tierschutz wichtig ist

*5. Kapitel*

# Hast du Ahnung von Weide und Stall?

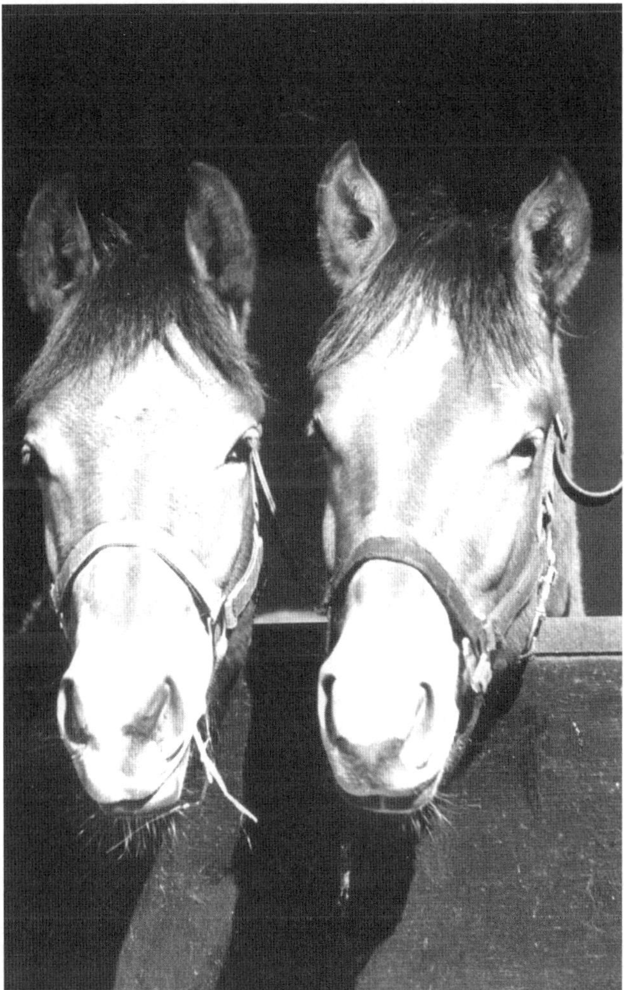

**234.** Wozu ist ein Elektrozaun gut?

a. Liefert Strom für die Schermaschine zum Mähneschneiden
b. Hindert die Pferde am Ausbrechen von der Weide
c. Bei Gewitterluft hält der Summton lästige Mücken fern

◆

**235.** Welche Tiere grasen Kopf an Kopf?

a. Der Leithengst mit seinem Rivalen, um ihn zu überwachen
b. Nur Pferde, die miteinander lange vertraut sind
c. Ausschließlich Ponys, Großpferde halten immer Abstand

◆

**236.** Wie viel Gras vertilgt ein großes Pferd pro Tag?

a. 3–4 kg
b. 10–20 kg
c. 30–40 kg

◆

**237**. Wie fängt man ein Pferd auf der Weide ein?
a. Man nimmt die Futterschüssel mit
b. Man treibt es sachte in eine Ecke
c. Man nähert sich von der Seite

◆

**238**. Wie muss ein Weidehalfter aussehen?
a. Es soll eng verschnallt sein
b. Es muss weit und locker sitzen
c. Es darf keine Schnallen haben

◆

**239**. Wie oft sollte man Pferdeäpfel von der Weide absammeln?
a. Mindestens einmal im Jahr nach der Weidezeit
b. Mindestens einmal im Monat
c. Mindestens zweimal in der Woche

◆

**240**. Wie gewöhnt man ein neues Pferd auf der Weide ein?
a. Man legt ihm die Decke des Leitpferdes über, um die Herde in Sicherheit zu wiegen
b. Der Besitzer stellt sich drei Tage neben sein Pferd und verjagt angriffslustige Vierbeiner
c. Zunächst wird der Neuankömmling durch einen Zaun von der Herde getrennt

**241.** Worin serviert man auf abgefressenen Weiden Heu?
a. In großen Raufen aus Metall
b. In Heunetzen am Zaunpfosten
c. Gar nicht, Pferde finden immer noch Halme

◆

**242.** Wie vertreiben Pferde lästige Mücken?
a. Durch Grunzlaute und trompetenartiges Prusten
b. Durch Maulschnappen, Schnauben, Auskeilen
c. Durch Schweifschlagen, Muskelzittern, Kopfstoßen

◆

**243.** Verträgt jedes Weidepferd auch im Winter kalten Dauerregen?
a. Nur Pferde mit Haarwirbeln, die das Wasser ableiten
b. Ja, Pferde sind nicht so zimperlich, wie man denkt
c. Ja, denn Regen ist schließlich eine natürliche Sache

◆

**244.** Warum sperrt man im Winter Teiche ab?
a. Damit die Pferde kein kaltes Wasser trinken
b. Pferde können auf dünnem Eis einbrechen
c. Damit Fische unterm Eis nicht gestört werden

◆

**245.** Welche Zäune sind auf Pferdeweiden verboten?
a. Elektrobänder
b. Stacheldraht
c. Holzzäune

◆

**246.** Darf man Pferde am Weidezaun füttern?
a. Ja, der Besitzer kann sich freuen, weil er Geld für Futter spart
b. Ja, aber nur, wenn man genügend Futter für alle Pferde hat
c. Nein, weil es unter den Pferden vielleicht Streit gibt

◆

**247**. Was ist typisch für einen Offenstall?

a. Der Stall ist oben offen, damit frische Luft hereinkommen kann

b. Die Pferde können jederzeit aus dem Stall auf einen Auslauf gehen

c. Es bleibt offen, wer sich um das Füttern kümmern muss

◆

**248**. Wie heißt ein umzäunter Sand-Auslauf?

a. Koppel

b. Paddock

c. Laufstall

◆

**249**. Welche Form hat ein pferdegerechter Auslauf?

a. Kreisrund, damit die Pferde sich die Figur »Zirkel« einprägen

b. Sehr lang, um ausgedehnte Galoppaden zu ermöglichen

c. Die Form ist gleichgültig, es kommt nur auf guten Sand an

◆

**250.** Was steht gewöhnlich in den Boxen von Reitställen?

a. Pferde und Ponys
b. Formel-1-Rennwagen
c. Schwergewichts-Boxer

◆

**251.** Der schmale Weg zwischen den Boxen im Stall heißt

a. Boxengasse
b. Stallgasse
c. Reitweg

◆

**252.** Wieso fordert der Reitlehrer ständig zum Fegen der Stallgasse auf?

a. Deine Mutter verlangt vom Reitlehrer, dass er dich im Stall zu Sauberkeit erzieht
b. Auf Strohhalmen, Pferdeäpfeln, Wasser usw. rutschen Pferde schnell aus
c. Dein Reitlehrer ist schlicht und einfach zu faul selber zu fegen

◆

**253.** Die Unterlage in einer Box trägt die Bezeichnung

a. Boxenteppich

b. Isomatte

c. Einstreu

◆

**254.** Bei Kälte wird in der Reithalle Salz gestreut. Warum?

a. Die Sägespäne in der Halle gefrieren sonst zu großen Eisklumpen

b. Es sind noch Reste von verbotenem Streusalz da, die wegmüssen

c. Bei Kälte lecken Pferde gern Salz vom Boden der Reithalle

◆

**255.** Warum hängt die Tränke nicht am Trog?

a. Metalltröge rosten rasch durch tropfendes Wasser

b. Pferde tunken ihr Futter sonst ein und schlingen es herunter

c. Neben den Trögen liegen meistens gar keine Wasserleitungen

◆

**256**. Muss man Pferdetränken putzen?

a. Nein, in der Natur trinken Pferde schließlich aus Teichen und Bächen

b. Ja, es macht einen besseren Eindruck, wenn Besucher in den Stall kommen

c. Ja, weil Futterreste in den Tränken festkleben und das Wasser verderben

◆

**257**. Wo bewahrt man Pferdefutter wie Hafer und Gerste auf?

a. Futterkammer

b. Satteltasche

c. Kühlschrank

◆

**258**. Was frisst dein Pferd auf keinen Fall?

a. Rote Bete

b. Banane

c. Currywurst

◆

**259**. Was ist Heu?

a. Halme von Weizen

b. Getrocknetes Gras

c. Name einer Wiesenpflanze

**260.** Was versteht man unter Raufutter?
a. Natürliche Körner wie Hafer und Gerste
b. Futter mit rauer Schale wie Äpfel und Rüben
c. Ballastreiche Nahrung wie Heu und Stroh

◆

**261.** Was hilft gegen das Stauben von Heu?
a. Nichts, Staub lässt sich nicht verhindern
b. Durchpusten mit großen Föhnen
c. Durchspülen der Heuballen mit Wasser

◆

**262.** Worauf kann ein Pferd im Winter nie verzichten?
a. Auf reichlich Raufutter wie Heu und Stroh
b. Auf Hafer oder anderes Kraftfutter
c. Auf Möhren, Futterrüben und Äpfel

◆

**263.** Klebt Stroh zusammen und riecht muffig, ist es
a. beim Pressen zu stark gedrückt worden
b. mit Schimmelpilzen verseucht
c. mit Melasse (Rübensirup) überschüttet worden

◆

**264**. Was brauchen Pferde zusätzlich zum normalen Futter?

a. Äpfel

b. Leckerli

c. Salzleckstein

◆

**265**. Was sind Rübenschnitzel?

a. Dicke Scheiben von Rüben, die für magere Pferde in Butter gebraten werden

b. Zerkleinerte Zuckerrüben, die man direkt aus der Packung füttern kann

c. Getrocknete Rübenstückchen, die man in viel Wasser quellen lassen muss

◆

**266**. Welche Blätter fressen Pferde gern?

a. Eiche

b. Birke

c. Kastanie

◆

**267**. Wie viel Wasser trinkt ein Großpferd jeden Tag?

a. 30–50 Liter

b. 3–5 Liter

c. 300–500 Liter

**268**. Der Salzleckstein gehört
a. in den Futtertrog
b. in eine Extrahalterung
c. nur in Offenställe

◆

**269**. Wie hoch sollte die Futterkrippe angeschraubt sein?
a. So niedrig wie möglich
b. So hoch wie möglich
c. Das ist dem Pferd egal

◆

**270**. Leckerli gibt man
a. von der flachen Hand
b. aus der hohlen Hand
c. mit spitzen Fingern

◆

**271**. Was gehört in jeden Pferde-Transporter?
a. Heunetz
b. Leckstein
c. Hafertrog

**272.** Wann ist ein Pferd leichtfuttrig?

a. Wenn es beim Füttern nicht herumzickt

b. Wenn es nur leichtes Futter wie Maisflocken frisst

c. Wenn es ziemlich wenig Futter braucht

◆

**273.** Welche Pferde werden schnell pummelig?

a. Haflinger, Trakehner, Lipizzaner

b. Deutsche Reitponys, Araber, Andalusier

c. Fjord-Pferde, Isländer, Shetlandponys

◆

**274.** Ein alter Futtermeister-Spruch lautet:

a. Das Auge des Besitzers füttert das Pferd

b. Gier frisst Hirn

c. Pferdeliebe geht durch den Magen

◆

**275.** Muss man feste Fütterungszeiten einhalten?

a. Nein, Pferden ist der Zeitpunkt egal

b. Ja, man soll sich an feste Uhrzeiten halten

c. Nein, Hauptsache es gibt drei Mahlzeiten pro Tag

**276.** Brauchen Pferde auch nachts Futter?

a. Nein, nachts schlafen Pferde genau wie wir

b. Ja, ihre Verdauung verträgt keine langen Pausen

c. Ja, damit sie frühmorgens fit zum Reiten sind

◆

**277.** Wann darf man Pferde nach dem Füttern reiten?

a. Sobald sie die Tränke benutzt haben

b. Man wartet mindestens eine Stunde

c. Füttern hat nichts mit der Reiteignung zu tun

*6. Kapitel*

# Erkennst du Probleme und Krankheiten?

**278.** Wo bindest du dein Pferd an?

a. Pfosten mit fest verschraubtem Metallring

b. Stabile Klinke an der Stalltür

c. Solides Tor am Paddock-Gatter

◆

**279.** Womit musst du rechnen, wenn du ein Pferd zur Weide bringst?

a. Ich bekomme es nicht aus der Box, weil es lieber drinnen bleibt

b. Bis zum Gattertor geht es normal mit, dann stürmt es buckelnd los

c. Es geht nicht durchs Tor, bevor ich ihm Leckerli zugesteckt habe

◆

**280.** Weshalb darfst du deine Putzbox nie abends im Stall vergessen?

a. Es gibt viele Mädchen ohne eigenen Putzkasten. Die warten nur darauf, deinen abends mitzunehmen

b. Reißt dein Pferd nachts aus, wird es die Putzbox durchsuchen und kann sich am Inhalt verletzen

c. Deine Eltern machen dir die Hölle heiß, wenn du ohne Putzsachen nach Hause kommst

**281**. Wie hältst du gefahrlos die Zügel beim Führen?

a. Ich fasse den Zügel lieber nicht an, sondern die Trensenringe

b. Ich verknote die Riemen so kurz, dass mein Pferd nicht wegkann

c. Ich greife die Zügel und teile die Riemen mit Zeige- und Mittelfinger

◆

**282**. Du führst dein Pferd am Strick. Was darfst du dabei nie tun?

a. Den Strick um Handgelenk oder Finger wickeln

b. Mit deinem Pferd laut reden

c. An einem anderen Pferd vorbeigehen

◆

**283**. Wie verbietet man Pferden betteln oder anrempeln?

a. Durch ein scharfes, kurzes »Nein«

b. Durch eine Ohrfeige ins Gesicht

c. Durch lautes Anschreien

◆

**284.** Wie macht man ein stürmisches Pferd vor dem Ausritt ruhiger?

a. Man galoppiert die gesamte Strecke vor und gesellt sich dann erst zu den anderen Reitern

b. Man bestellt beim Tierarzt Beruhigungstabletten und gibt sie dem Pferd am Abend vorher

c. Man lässt das schnelle Pferd vor dem Ausritt zum Austoben auf die Weide

◆

**285.** Im Gelände ist ein Heißluftballon für Pferde

a. völlig uninteressant

b. Furcht erregend

c. eine bunte Belustigung

◆

**286.** Wann geht ein Pferd durch?

a. Wenn es problemlos durch niedrige Boxentüren läuft

b. Wenn es ohne Angst durch Pfützen spaziert

c. Wenn es in Panik blindlings davonstürmt

**287**. Was kann beim Galopp am Meer passieren?

a. Das Pferd wirft sich ins Wasser und schwimmt

b. Es stürmt durch die Strandkörbe hindurch

c. Es wird immer schneller und lässt sich kaum halten

◆

**288**. Dein Pferd lahmt. Womit ist das beim Auto vergleichbar?

a. Leerer Benzintank

b. Platter Reifen

c. Verrosteter Auspuff

◆

**289**. Suchst du Hufeisen, die Pferde auf der Weide verloren haben?

a. Nein. Der Schmied bringt ja neue Hufeisen mit

b. Ja. Damit niemand in das Hufeisen hineintreten kann

c. Ja. Weil ich das Hufeisen als Glücksbringer behalten will

◆

**290**. Was brauchen Pferde, um gesund zu bleiben?
a. Wohlige Wärme
b. Frische Luft
c. Wenige Artgenossen

◆

**291**. Kriegen Pferde Sonnenbrand?
a. Ja, aber ausschließlich Schimmel
b. Ja, rund um Nüstern und Maul
c. Nein, das passiert nur bei dünner Menschenhaut

◆

**292**. Gehören stressige Tierarztbehandlungen in die Box?
a. Ja, weil das Pferd zwischen den Wänden nicht ausweichen kann
b. Nein, denn der Tierarzt könnte auf Pferdeäpfeln ausrutschen
c. Nein, Pferde sollen sich in ihren Boxen sicher vor Stress fühlen

◆

**293.** Was versteht man unter »festliegen«?

a. Auf dem Operationstisch liegende Pferde mit Gurten sichern

b. Den festgelegten Ablauf einer Reiterprüfung

c. Das Pferd liegt nach dem Wälzen mit den Beinen an der Wand fest

◆

**294.** Wie führt man Pferde über vereiste Höfe?

a. Man zieht ihnen spezielle Gleitschuhe für Hufe über

b. Zwei Leute fassen rechts und links ins Halfter

c. Man streut großflächig Mist über das Glatteis

◆

**295.** Welches Pferdefutter gehört unbedingt in den Mülleimer?

a. Schimmelige Möhren

b. Braun gefleckte Bananen

c. Trockenes Brot

◆

**296**. Verdorbenes Futter ist so gefährlich, weil es
a. den gesamten Vorrat verdirbt
b. im Pferdemagen bleibt
c. das Pferd träge macht

◆

**297**. Welche Pflanze ist für Pferde tödlich?
a. Eibe
b. Klee
c. Sauerampfer

◆

**298**. Erkennen Pferde giftige Pflanzen?
a. Ja, ihr Urinstinkt aus der Steppenzeit ist noch erhalten
b. Nein, aber Pferde vertragen eine große Portion Gift
c. Nein, der Mensch muss wissen, was dem Pferd schadet

◆

**299**. Darf man Rasenmäher-Gras verfüttern?
a. Nein, weil es Unkrautvernichtungsmittel enthält
b. Ja, es ist aber nicht so gesund wie Wiesengras
c. Nein, weil Pferde es nicht vertragen

**300**. Wie merkt man, dass ein Pferd zu dick ist?

a. Es will nicht mehr galoppieren

b. Man fühlt seine Rippen nicht mehr

c. Das Stallhalfter ist zu eng

◆

**301**. Was vertragen Pferde nicht?

a. Warme Leinsamen

b. Kaltes Pflanzenöl

c. Gefrorene Möhren

◆

**302**. Womit päppelt man Pferde auf?

a. Bananen

b. Leckerli

c. Hartes Brot

◆

**303**. Bei welchen Äpfeln heißt es »Achtung!«?

a. Bei glatten, kleinen Früchten

b. Bei sehr großen Äpfeln

c. Bei rauer Schale

◆

**304**. Was schlägt Pferden auf den Magen?
a. Hektik und Unruhe bei der Fütterung
b. Futter, das sie nicht so gern mögen
c. Trinken gleich nach dem Fressen

◆

**305**. Wenn Pferde in der Tierklinik nicht fressen,
a. macht das ein paar Tage nichts aus
b. hängt man sie an den Tropf
c. holt man Futter aus dem alten Stall

◆

**306**. Warum fressen Pferde Erde?
a. Es hilft ihnen bei der Verdauung
b. Zur Säuberung der Zunge von Futterresten
c. Aus einem Mangel an Mineralien

◆

**307**. Bei einem alten Pferd sorgt man dafür, dass es
a. beim Aufstehen gestützt wird
b. nicht mehr inmitten der Herde ist
c. einen eigenen Futterplatz hat

◆

**308**. Welcher Rasse darf man die Tasthaare am Maul abrasieren?

a. Robusten Ponyrassen

b. Arabern in Shows

c. Keiner Rasse

◆

**309**. Warum darf man Schweife nicht abschneiden?

a. Damit man Sättel mit Schweifriemen befestigen kann

b. Um die schöne Körperform nicht zu verhunzen

c. Weil Pferde damit Insekten abwehren müssen

◆

**310**. Weshalb haben Pferde Angst vor spritzenden Wasserschläuchen?

a. Sie halten den Schlauch für eine gefährliche Schlange

a. Vermutlich wurden sie mal mit einem Schlauch geschlagen

c. Sie fürchten sich grundsätzlich vor Wasser und dem Ertrinken

**311**. Wann sagt man »Das Pferd ist sauer«?
a. Es ärgert sich über den Reiter und legt die Ohren an
b. Durch falsches Futter hat es saures Aufstoßen
c. Es arbeitet nicht mehr mit und leistet weniger

◆

**312**. Das Pendeln von links nach rechts bei Boxen-Pferden heißt
a. Spinnen
b. Weben
c. Klöppeln

◆

**313**. Pferde, die sich nicht von der Herde trennen wollen,
a. kleben
b. kleistern
c. pappen

◆

**314.** Was ist koppen?

a. Das Pferd setzt die Zähne am Trog auf und saugt Luft ein

b. Das Pferd lässt sich nicht von der Herde wegreiten

c. Das Pferd galoppiert im Außengalopp

◆

**315.** Ein Pferd steht plötzlich auf Spänen statt auf Stroh. Der Grund?

a. Der Stallbesitzer ist pleite und hat kein Geld, um Stroh zu kaufen

b. Ein Reiter hat das Stroh heimlich für seine Haustiere mitgenommen

c. Das Pferd hatte eine Kolik und darf im Moment kein Stroh fressen

◆

**316.** Woran erkennst du eine Kolik?

a. Das Pferd scharrt, wirft sich ständig hin und steht wieder auf

b. Das Pferd streckt Kopf und Hals nach vorne und würgt

c. Das Pferd schläft mit lang ausgestreckten Beinen

**317**. Warum scheuern Pferde sich ständig den Schweif?
a. Langeweile, wenn die Reitstunde ausfällt
b. Juckreiz wegen Würmern oder Milben
c. Wichtigtuerei vor dem Boxennachbarn

◆

**318**. Weshalb husten so viele Pferde?
a. Ohne dicke Pferdedecke erkälten sie sich schnell
b. Außer durch Wiehern verständigen Pferde sich durch Husten
c. Staub aus Heu und Stroh reizt die empfindliche Pferdelunge

◆

**319**. Gegen welche Krankheit gibt es keine Impfung fürs Pferd?
a. Tollwut
b. Grippe
c. Reisefieber

◆

**320.** Dein Pferd hat sich vertreten, das Bein ist warm. Erste Hilfe?

a. Mit kaltem Wasser aus dem Schlauch kühlen

b. So lange reiten, bis alle Beine gleich warm sind

c. Gehackte Schmerztabletten unters Futter mischen

◆

**321.** Was ist wichtig, damit das Pferd keinen Satteldruck bekommt?

a. Einmal im Jahr einen nagelneuen Sattel kaufen

b. Ein passender Sattel, den man vorm Aufsitzen gut nachgurtet

c. Unter den Sattel mehrere Schichten weiche Decken legen

◆

**322.** Was ist Sattelzwang?

a. Beim Reiten auf der Straße ist ein Sattel Pflicht

b. Ein Reiterhof zwingt seine Reiter, mit Sattel zu reiten

c. Das Pferd wehrt sich heftig gegen das Satteln

**323**. Wann raspelt man Pferden die Zähne ab?
a. Wenn sie Futter aus dem Maul fallen lassen
b. Wenn die Zähne ungleichmäßig lang sind
c. Üblich bei Fohlen, damit sie beim Saugen nicht beißen

◆

**324**. Was ist ein Einschuss?
a. Versehentlicher Treffer beim Jagdreiten
b. Entzündung am Bein
c. Einpauken von Reitlektionen

◆

**325**. Wie nennt man hartnäckigen Ausschlag in der Fesselbeuge?
a. Mauke
b. Windpocken
c. Herpes

◆

**326**. Was ist Hufrehe?
a. Zierliche Ponyfüße in der Größe von Reh-Hufen
b. Krankheit mit einer Entzündung im Huf
c. Breiter Spalt im Hufhorn von oben nach unten

**327.** Was ist Nesselfieber?

a. Hohes Fieber nach dem Fressen von Nesseln

b. Ungewöhnliche Gier auf Brennnesseln

c. Quaddeln, die das Fell tagelang übersäen

◆

**328.** Kennzeichnend für das Sommer-Ekzem sind:

a. Mähnenkamm, Kruppe und Schweifrübe sind wund gescheuert

b. kleine Pünktchen rund ums Maul und an weißen Beinen

c. kahle Stellen auf dem Rücken, sobald die Sonne scheint

◆

**329.** Ab wann haben Pferde Fieber?

a. Warmblüter ab 36 Grad, Kaltblüter ab 26 Grad

b. Alle erwachsenen Pferde ab etwa 39 Grad

c. Großpferde ab 50 Grad, Ponys ab 60 Grad

◆

**330.** Wie zeigt ein Pferd, dass es Schmerzen hat?

a. Durch klagendes Wiehern

b. Durch angriffslustige Haltung

c. Durch ein Schmerzgesicht

**331**. Was ist eine Wurmkur?

a. Arznei gegen Würmer im Pferdekörper
b. Ponyhof-Streich während der Reiterferien
c. Ins Futter gemischte Würmer gegen Husten

◆

**332**. Wann mag ein Pferd nicht mehr lernen?

a. Wenn es nach den Übungen nie eine Extraportion Futter gibt
b. Wenn die Lektionen stundenlang eintönig wiederholt werden
c. Wenn der Reitlehrer es immer mittags aus der Box holt

◆

**333**. Was passiert, wenn Pferde nur in Boxen leben?

a. Sie gewöhnen sich daran wie Menschen an Einzelzimmer
b. Sie stumpfen ab, verlieren die Lebenslust und werden krank
c. Sie sind froh, dass andere Pferde sie nicht in Kämpfe verwickeln

## Alle Antworten auf einen Blick:

### *1. Kapitel*
### *Wie verhalten sich unsere Pferde?*

**1c.** Zur Begrüßung stecken Pferde die Köpfe zusammen und blasen sich behutsam Atem in die Nüstern. So können sie erschnuppern, ob sie sich schon mal getroffen haben.

**2b.** Freunde reiben erfreut Kopf und Hals aneinander. Das heißt: »Super, dich zu treffen.« Dann beknabbern sie sich gegenseitig – wie du auf Seite 9 sehen kannst.

**3c.** Pferde sind Herdentiere, die immer die Nähe anderer Pferde oder Ponys brauchen. Wer ein einzelnes Tier allein im Stall oder auf der Weide hält, quält seine Seele.

**4a.** Pferde können unsere Sprache nicht lernen oder nur sehr begrenzt. Du selbst musst dich damit beschäftigen, wie Pferde sich verhalten, wie sie denken und fühlen, was sie für ein pferdegerechtes Leben brauchen. Du bist ja auf dem besten Wege dazu, denn aus den Quiz-Antworten erfährst du eine Menge Wichtiges über Pferde.

**5a.** Jedes Pferd fühlt sich am wohlsten, wenn es sich bewegen und fressen kann. Wildpferde haben diesen Vorzug. Aber jedes Stallpferd würde sich genauso freuen, wenn es den ganzen Tag auf der Weide stehen dürfte. Mäuse und Hasen zum Frühstück? Da sagen auch Wildpferde »Nein danke«.

**6c.** Fluchttiere nennt man Tiere, die von anderen verfolgt und gefressen werden (z. B. von Wölfen). Die nur überleben, wenn sie blitzartig fliehen. Als Fluchttier überlegt dein Pferd beim Anblick eines Plastiksacks an der Straße nicht: Ist das graue Ungeheuer ein Müllsack? Oder ein Wolf? Es stürmt sofort Hals über Kopf davon. Im Sattel musst du immer auf einen plötzlichen Zwischenspurt gefasst sein.

**7a.** Während der Eiszeit wurden die Skelette von Pferden in Gesteinsschichten eingelagert. Aus solchen Versteinerungen macht man sich heute ein Bild vom Urpferd.

**8b.** Das Urpferdchen hieß Eohippus und war nicht größer als ein Fuchs. Hufe hatte es noch nicht, sondern an jedem Fuß richtige Zehen.

**9c.** Przewalski-Pferde (den unaussprechlichen Namen haben sie ihrem Entdecker Nikolai Przewalski zu verdanken) stammen aus der Mongolei und sind die letzten echten Wildpferde. Sie sehen aus wie struppige bräunliche Ponys mit Stehmähne, Stockmaß etwa 1,33 m.

**10c.** Alles schläft, einer wacht – so regeln wilde Pferde ihre Ruhezeit. Wer stehen bleibt, dafür gibt es offenbar keine Regel. Das ergibt sich zwanglos.

**11a.** Jede Herde ist streng gegliedert und jedes Pferd sucht seinen Platz darin. Beim ersten Treffen wird dieser »Rang« sofort geklärt und bleibt so lange bestehen, bis ein neues Pferd dazukommt. Oder bis ein rangniedriges Pferd weiter nach oben will.

**12a.** Die Chef-Stellung in der Herde wird ausgehandelt. Oft durch Kämpfe, mitunter reicht schon ein Drohen, um Rivalen einzuschüchtern. König der Koppel wird nicht immer der Stärkste, er muss auch sehr mutig und erfahren sein.

**13b.** Hengste oder Chef-Wallache bilden das Schlusslicht der Herde. So können sie am besten verfressene Angreifer, die sich von hinten anschleichen, mit heftigen Huftritten abwehren. Zwar gibt es bei uns keine gefährlichen Räuber für Pferde mehr, aber der Instinkt sitzt einfach noch drin.

**14c.** Die Leitstute geht vorn. In freier Wildbahn sind das selbstbewusste, erfahrene Pferdedamen, die für die Herde die besten Weiden und Wasserstellen aufspüren. Wer an der Leitstute vorbeiwill, kriegt schnell mal ihre Zähne zu spüren.

**15b.** Leitstuten, Leithengste oder Leitwallache sind ganz schön frech. »Alles meins« ist ihre Devise. Als Erste stürmen sie an die Futterstelle und beanspruchen die besten Schlafplätze. Dafür kümmert das Leittier sich aber auch sehr um die Herde.

**16c.** Pferde finden es nicht demütigend, wenn sie unten auf der Rangliste stehen. Die meisten fühlen sich geborgen, wenn ein anderer aus der Herde den Chefposten übernimmt. Menschen dürfen sich nie in Rangordnungskämpfe einmischen.

**17a.** Beim Anblick einer schicken Stute laufen Hengste völlig aus dem Ruder. Sie haben nur noch eins im Kopf: die Pferdedame zu beeindrucken. Dazu wölben sie den Hals, um größer und gewaltiger auszusehen. In der Fachsprache sagt man: Sie wölben den Kragen auf. Auf der Weide zeigen Hengste einen eleganten Trab, um die Dame anzubaggern. Werden sie an der Stute vorbeigeführt, tänzeln sie auf der Stelle.

**18c.** Imponiergehabe – den Ausdruck hast du vielleicht schon mal gehört. Häufig meint man damit Menschen, die sich ungeheuer aufplustern, um andere zu beeindrucken. Und genau das tut ein Hengst ja auch, um die Stute auf sich aufmerksam zu machen.

**19c.** Ein bisschen wackelig sieht es noch aus – aber immerhin stehen Fohlen schon eine Stunde nach der Geburt auf eigenen Beinen!

**20a.** In den ersten Stunden weicht das Fohlen nicht von der Seite der Mutterstute. Das Neugeborene prägt sich alles über seiner Mutter ein – wie sie aussieht, riecht, wiehert, wie sie sich bewegt. Das ist wichtig, damit das Fohlen immer wieder zu ihr zurückfindet. In dieser Prägephase verjagt die Stute alle Artgenossen, damit ihr Kleines nicht verwirrt wird.

**21b.** In den ersten Tagen bleibt ein Fohlen seiner Mutter nah, probiert aber seine Beine aus und übt Balance. In kleinen Kreisen hüpft es um die Stute herum, macht Bocksprünge und galoppiert sogar bereits.

**22a.** Ein Fohlen braucht andere Fohlen, mit denen es spielen, rangeln, raufen und laufen kann. In der Herde lernt es, Respekt vor großen Pferden zu haben. Es bekommt mit, dass es auf der Weide einen Chef gibt und was eine Rangordnung ist.

**23b.** Fohlen, die allein von Menschen aufgezogen wurden, lernen die Sprache der Pferde nicht, verstehen sie darum auch nicht richtig. Später können solche Vierbeiner nie einschätzen, wie andere Pferde sich verhalten. Das macht sie ängstlich und unberechenbar. Es ist egoistisch und gemein, Fohlen ohne vierbeinige Spielgefährten aufwachsen zu lassen.

**24c.** Fühlt ein Fohlen sich von einem erwachsenen Pferd bedroht, kaut es mit offenem Maul in der Luft herum. Das nennt man Unterlegenheitskauen. Das Fohlen sagt damit: »Tu mir nichts, ich bin ja noch so klein.«

**25a.** Fachleuchte nennen es »Drohschwingen«, wenn ein Pferd seinen Kopf gegen einen Kumpanen schwingt. Diese Geste reicht im Normalfall schon, um den Artgenossen zu vertreiben.

**26b.** Pferdegruppen nennt man Herden. Rudel sagt man u. a. bei Wölfen, Schwarm bei Bienen.

**27a.** Pferde machen es genau wie Kindergarten-Kinder: Wollen sie einen Kumpel zum Spielen auffordern, stoßen oder rempeln sie ihn an.

**28b.** Der hochgestellte Schweif bedeutet: »Ich renne gleich los.« Ein Signal, das wahnsinnig ansteckend auf andere Pferde wirkt. Im Nu stürmt die ganze Herde über die Koppel.

**29c.** Für Pferde sind ihre empfindlichen Lippen das, was für uns die Hände sind. Darum betasten sie alles vorsichtig mit dem Maul.

**30b.** Pferde fühlen auf vielen Gebieten wie Menschen. Sie können schrecklich eifersüchtig sein. Aber hartherzig und gemein sind Pferde nie. Dazu müssten sie nämlich gründlich vergleichen, abwägen und auch hinterhältig sein – und so etwas kennen Pferde nicht.

**31a.** Pferde gehen in 24 Stunden mindestens zwölf Stunden gemächlich vorwärts, um nach neuen Halmen zu suchen. Diese ständige Bewegung und das feuchte Gras sind super für Magen, Darm und Hufe. Und das beste Mittel gegen Langeweile und Verhaltensstörungen.

**32c.** Pferde legen sich gern auf erhöhte Plätze, weil sie dort am schnellsten Witterung aufnehmen können. Kuhlen und Senken mögen Pferde nicht, denn dort sammelt sich Nässe.

**33c.** Die meisten Pferde drehen dem Sturm ihr Hinterteil zu. Vor allem dann, wenn es gleichzeitig regnet. Es gibt jedoch Ausnahme-Ponys, die sich den Wind um die Nase wehen lassen. Hast du Antwort a gewählt? Dann darfst du dir auch einen Punkt gutschreiben.

**34a.** Während wir uns bei Regen, Gewitter, Frost und Dunkelheit unter ein schützendes Dach flüchten, verkrümeln unsere Vierbeiner sich nur bei Hitze und Mückenangriffen in die Weidehütte. Zumindest im Sommer. Im Winterhalbjahr suchen sie nur dann Schutz unterm Dach, wenn es regnet und gleichzeitig ein kalter Wind pfeift.

**35b.** Beim Hinlegen knicken Pferde zuerst die Vorderbeine ein. Auch das Aufstehen fängt vorne an: Das Pferd stemmt sich vorne hoch und richtet die Vorderbeine auf.

**36a.** Bevor ein Pferd sich zum Wälzen hinlegt, streckt es den Kopf vor und scharrt auf dem Untergrund. Damit klärt es, ob der Boden tragfähig ist. Hat das Pferd, genüsslich stöhnend, sein Staubbad genommen, stehen oft schon andere Pferde Schlange. Die ersparen sich häufig das Scharren vor dem Wälzen, denn sie wissen ja bereits, dass vor ihnen ein superguter Platz liegt.

**37a.** Pulverschnee reizt alle Pferde zum Wälzen. Völlig gleichgültig, ob es Ponys, Araber oder Wildpferde sind.

**38b.** Bevor Pferde sich zum Baden in Wasserstellen entschließen, erkunden sie mit den Hufen, wie tief und sumpfig der Teichboden ist.

**39b.** Wasser in den Ohren führt zu Gleichgewichtsstörungen, darum hebt ein schwimmendes Pferd seinen Kopf an. Im Wasser paddeln ist eine wunderbare Entspannung für Rücken und Beine.

**40a.** Pferde richten ihre sehr beweglichen Ohren auf jedes Geräusch, um zu klären: Ist es gefährlich? Im Sommer vertreiben sie durch Ohrenzucken auch schon mal lästige Mücken. Also bekommst du auch für Antwort b einen Punkt.

**41b.** Pferdeäpfel-Haufen sind für unsere Vierbeiner wie Personalausweise. Beim Schnuppern stellen Pferde fest, wer vor ihnen da war. Ab und zu äpfeln sie gleich wieder über die alten Pferdeäpfel, um zu zeigen, dass sie selber wichtiger sind.

**42a.** Pferde nehmen mit geblähten Nüstern Witterung auf.

**43c.** Im Grunde antwortet ein Pferd nur einem Pferd. Mit Glück bekommen Esel auf ihre Iah-Schreie eine Antwort. Aber um das Muhen von Kühen kümmern sich Pferde überhaupt nicht.

**44b.** Wer legt sich schon gern auf harte, glatte Böden? Es tut den Knochen weh. Außerdem rutschen Pferde beim Aufstehen auf solchen Böden aus und können sich schmerzhafte Zerrungen holen. Darum müssen Boxen immer gut mit Sägespänen und Stroh eingestreut sein.

**45c.** Auf der Weide oder in völliger Freiheit gehen Pferde fast nur im Schritt. Das tun sie, um Kraft zu sparen. Galopp kommt selten vor, eigentlich nur bei plötzlicher Flucht. Im Trab sieht man Tiere, die andere beeindrucken wollen oder kurz ausweichen müssen.

**46a.** Tatsächlich schaffen Pferde es, auf drei Beinen zu stehen und sich mit der Spitze eines Hinterhufs am Kopf zu kratzen. Angebundene Pferde können dabei in Stricken oder Halftern hängen bleiben, darum lässt man sie nie allein stehen.

**47c.** Wenn Pferde auf der Weide dösen, stellen sie sich eng nebeneinander, und zwar Kopf an Schweif. Mit dem schlagenden Schweif vertreibt jeder die Fliegen vor der Nase des Partners.

**48b.** Früher war es für ein Pferd eine Frage des Überlebens, sich wichtige Wege einzuprägen, zum Beispiel zur Wasserquelle. Dieses wunderbare Talent besitzen Pferde noch heute. Sie finden sogar im Dunkeln den Rückweg zum Stall.

**49b.** Futterneid gibt es vor allem bei Boxen-Pferden. Das liegt daran, dass es in Ställen nur dreimal am Tag Futter gibt, während Pferde von

Natur aus daran gewöhnt sind, den ganzen Tag über zu fressen. Bekommen die Vierbeiner nur wenige Mahlzeiten, lauern sie natürlich darauf. Liegt der Hafer endlich im Trog, wollen sie mit ihrem Gezicke Nachbarn und Menschen warnen: Vergreift euch bloß nicht an meinem Futter – oder ihr macht Bekanntschaft mit meinem Gebiss . . .

**50a.** Freunde fürs Leben – ja, das gibt es tatsächlich bei Pferden. Solche guten Kumpels sollte man möglichst nicht trennen, denn ein Freund vergisst den anderen nicht so schnell. Wird einer der beiden verkauft oder stirbt gar, trauert der Übriggebliebene sehr heftig.

**51b.** Alle Pferde kennen von Natur aus Schritt, Trab, Galopp. Sie können auch astrein im Kreis laufen oder Schlangenlinien gehen. Aber ein Reiter auf dem Rücken bringt das Pferd aus dem Gleichgewicht. Zusätzlich wird es verwirrt durch Zügel und durch schlackernde Beine. Das Fach »Reiten« muss jedes Pferd von einem Fachmann lernen. So wie du Englisch beim Englischlehrer lernst.

**52a.** Wenn Pferde die Wahl haben, laufen sie um jedes Hindernis herum. Überspringen Pferde einen Weidezaun, sind sie in Panik, sie wurden gejagt oder ihre Wiese ist so abgegrast, dass sie den Sprung aus Hunger wagen. Ausgehungerte Tiere durchbrechen übrigens eher ihre Zäune, als sie zu überspringen. Man kann talentierte Pferde zum Springen ausbilden, sie nehmen dann die Hindernisse aus blindem Vertrauen zum Reiter. Es bleibt aber das Problem, dass der Pferdekörper nicht fürs Springen geschaffen ist. Schon gar nicht für hohe Sprünge mit Reiter. Die Natur stattet Tierkörper anders aus, die fürs Springen gedacht sind – biegsam wie bei großen Wildkatzen. Aber wer sattelt schon gern einen Leoparden?

**53b.** Um zu überleben, sind alle Tiere mit der genau richtigen Portion Klugheit ausgestattet. Pferde kann man nicht mit Hunden und Katzen vergleichen, denn diese müssen Beute machen und anders »denken«. Dagegen fressen Pferde ausschließlich Pflanzen. Ihre drei Hauptsorgen sind: Weiden finden, Wasser finden und nicht selber gefressen werden. Die Intelligenz von Pferden ist völlig auf das Leben in der Herde und auf Flucht ausgerichtet. Und auf diesen Gebieten sind alle Pferde sehr clever. Untereinander sind Pferde aber durchaus unterschiedlich. Ähnlich wie Kinder in einer Schulklasse. Mancher begreift neue Lektionen sofort, ein anderer lernt nur schwer.

## *2. Kapitel*
## *Verstehst du deinen vierbeinigen Freund?*

**54b.** Angelegte Ohren und schlagender Schweif sind eindeutige Drohgebärden. Abstand halten!

**55c.** Dunkles Blubbern hat das Pferd für schöne Minuten reserviert. Wenn es dich so begrüßt, kannst du megastolz sein, dann freut das Pferd sich über deinen Besuch.

**56c.** Manche finden es total daneben, wenn man sein Pferd küsst. Aber was ist schon dabei? Nur eins darfst du nicht tun: einen Kuss auf die Nase oder gar aufs Maul platzieren. Weil es jederzeit passieren kann, dass dein Pferd sich erschreckt und den Kopf hochreißt. Der knallt dir dann vor die Lippen, dass dir Hören und Sehen vergeht. Ein Kuss seitlich auf die Backe ist okay.

**57a.** Um sich auszudrücken, haben Pferde wirklich viele Möglichkeiten. Aber pfeifen und blöken? Nein, das können sie nun doch nicht.

**58a.** Lautes Wiehern heißt: Das Pferd sucht seine Freunde. Durch seine Stimme teilt es denen mit, wo es selber gerade steckt. Befreundete Vierbeiner antworten meistens ziemlich schnell.

**59c.** Streicheln, Schmusen, Kuscheln – damit kannst du dich bei Menschen prima einschmeicheln. Aber nicht bei deinem Pferd! Vierbeiner mögen es rustikaler. Pferde kratzen und schubbern sich liebend gern. Darum behalten sie Menschen in guter Erinnerung, die ihre Lieblings-Scheuerstellen mit der Büste bearbeiten. Das sind Mähnenkamm (obere Halskante), Kruppe (Hinterteil, also der Po) und Schweifrübe (Ansatz des Schweifes).

**60a.** Als Reiter musst du immer das ranghöhere »Tier« für dein Pferd sein. Es muss dir vertrauen und dich respektieren, auch ohne Kampf. Das klappt nur, wenn es dein Verhalten versteht. Sonst wird das Pferd unsicher und übernimmt selber die Führung. Auf Deutsch: Es tanzt dir auf der Nase herum. Je mehr du von Pferden weißt, desto mehr Sicherheit gibst du ihnen.

**61c.** Pferde erkennen dich als wichtig an, wenn sie Respekt vor dir haben. Und den bekommen sie nur, wenn du jeden Tag gleichmäßig ruhig mit ihnen umgehst. Nicht heute Leckerli ohne Ende geben und morgen mit ihnen herumschreien, wenn sie in der Tasche nach Futter wühlen. Gleichmäßigen Umgang nennt man »konsequent sein«.

**62a.** Schöne und schmerzhafte Momente behalten Pferde lange im Kopf. Bist du z. B. im letzten Frühjahr oft mit einem Pferd grasen gegangen, erinnert es sich noch nach einem Jahr an die schöne Zeit, sobald es dich mit dem Führstrick sieht. Schon steht es erwartungsvoll an der Boxentür. Genauso merkt sich ein Pferd aber auch Menschen, die es gequält haben. Im Gelände ist der sechste Sinn unschlagbar, Pferde finden fast immer allein nach Hause.

**63c.** Für ein Pferd ist die Box wie seine Wohnung, in der es sich geborgen fühlt. Wenn Pferde ein Strafgesetzbuch schreiben könnten, stände sicher der Paragraf 123 über Hausfriedensbruch drin. Bevor du eine Box betrittst, sprich das Pferd vorher laut an. Mit seinem Namen (»Grüß dich, Tipo«) oder mit »Hallo«. Warte immer, bis das Pferd dich bemerkt. Wenn es gerade frisst, kann es genervt reagieren.

**64a.** Weil Pferde direkt vor ihrer Nase unscharf sehen, sind einige auch beim Putzen »kopfscheu«. Die Bürste im Gesicht lassen sie sich nur von guten Bekannten gefallen.

**65b.** Tiefschlaf gönnen Pferde sich nur dann, wenn sie sich total sicher fühlen, also wenn Freunde aus der Herde aufpassen. Mit den anderen beiden Antworten ist »Dösen« gemeint. Aus dem Dösen kann ein Pferd schnell zur Flucht ansetzen. Aus dem Tiefschlaf nicht.

**66a.** Pferde, die beim Schlafen träumen, können sich total entspannen. Beobachte mal so ein Pferd, wie die Hufe zucken, die Augen zwinkern und die Ohren sich bewegen. Wovon ein Pferd wohl träumt? Von einem Freund? Von endlosen Weiden? Von der Möhrenernte?
Falls du nicht wusstest, was Flehmen bedeutet, schau mal bei Antwort 74 nach.

**67b.** Stabile Ponys wiegen um 400 Kilo, Großpferde 500–600 Kilo. Du kannst dir vorstellen, welche Anstrengung ein Pferd unternehmen muss, um seinen schweren Körper vom Boden hochzustemmen. Eine Belastung für Herz und Kreislauf. Darum umrundet man liegende Pferde mit gehörigem Abstand. Auch deshalb, weil du ihre Boxen als ihr »Zuhause« respektierst.

**68c.** Der Araber würde das fetzige Pony aussuchen. Pferde freunden sich gern mit ähnlich temperamentvollen Artgenossen an. Gemütliche Fjord-Pferde und ein einziger feuriger Vollblüter passen nicht zusammen. Der Schnelle stachelt vermutlich die Ponys ständig zu Laufspielen an. Die fressen und dösen aber lieber. So sind alle genervt – die Ponys fühlen sich gestört und der Vollblüter findet keinen Freund zum Toben. Ausweg: ein weiteres schnelles Pferd dazustellen.

**69b.** Eine Gruppe von vier Pferden ist zufrieden. Bei kleinen Herden müssen sich immer Paare bilden können. Bei drei und fünf Pferden geht das nicht. Einer ist bei ungeraden Zahlen übrig und findet keinen Freund. Das ist sehr traurig für ihn. Kleine Gruppen stellt man so zusammen: vier Pferde, sechs Pferde, acht Pferde, zehn Pferde.

**70b.** Fellkraulen genießen Pferde, die sich mögen. Himmlisch, wenn der Partner mit den Zähnen genau auf den Stellen herumschrabbt, die man selber nicht erreicht (siehe Foto Seite 9). Wenn du dein Pferd putzt, kannst du erleben, dass es sich für dein Bürsten mit Fellkraulen bedanken will und an deiner Schulter knabbert.

**71c.** Wälzen ist ein großer Spaß für jedes Pferd. Das Fell ordentlich im Sand scheuern, sich recken und strecken – das weckt die Lebensgeister. Manchmal grunzen und stöhnen die Pferde vor Vergnügen.

**72c.** Plötzlich springt das Pferd zur Seite, weil es sich erschreckt hat. Man sagt: Es scheut. Da Pferde Fluchttiere sind, liegt das Wegstürmen in ihrer Natur. Strafen darf man sie dafür nie. Gutes Zureden eines sicheren Reiters hilft. Ängstliche Pferde reitet man neben einem erfahrenen Pferd.

**73a.** Bei jedem ungewohnten Geräusch entscheiden Pferde sofort, ob es gefährlich ist und ob sie flüchten müssen. Beim Kauen hören Pferde aber wegen ihrer malmenden Kiefer nicht optimal. Deshalb stoppen sie mitten im Fressen. Fremdkörper lassen Pferde einfach aus dem Maul fallen. Gras bleibt lebenslänglich ihr Lieblingsfutter.

**74c.** Flehmen ist ein Riechvergnügen, das Pferde uns Menschen voraus haben. Durch die hochgezogene Oberlippe verschließt ein Pferd seine Nüstern teilweise und sortiert einen einzigen Duft aus. Oft flehmen Pferde bei unbekanntem Futter.

**75b.** Pferde können wie Menschen gähnen. Normalerweise aus Müdigkeit oder Langeweile. Manchmal öffnen sie auch das Maul wie zum Gähnen, wenn der Kiefer nach der Reitstunde schmerzt.

**76c.** Beschnuppern sagt Vierbeinern eine Menge über fremde Gegenstände. Pferde lecken unbekannte, glatte Teile auch gern ab, besonders Schilder, Bälle, Kameras. Große Objekte untersuchen Pferde außerdem mit den Hufen.

**77b.** Für ein schönes Foto musst du die Aufmerksamkeit des Pferdes in deine Richtung lenken. Das klappt mit einer Futterschüssel, mit einem anderen Pferd, mit schepperndem Schlüsselbund oder aufgespanntem Regenschirm.

**78a.** Pferde, die Hänger noch nicht kennen, wollen ihn um keinen Preis besteigen. Kein Wunder, schließlich brauchen Pferde immer die Möglichkeit, wegrennen zu können. Der Anhänger ist für sie zunächst ein Furcht einflößender, dunkler, rundherum geschlossener Raum. Man macht Pferde behutsam mit dem Hänger vertraut, bei hellem Licht und mit Futter als Belohnung.

**79b.** Geht ein Pferd steif, hebt den Kopf, klemmt dazu den Schweif ein, dann hat es Angst.

**80a.** Mit nach vorn gestellten Ohren teilt dein Pferd dir mit: Ich bin gut drauf, fühle mich wohl und bin zu allem bereit. Angelegte Ohren bedeuten: Vorsicht, schlechte Laune!

**81b.** «Ruuuhig« oder »hohoho« (Ja, so wie der Weihnachtsmann spricht) benutzen Pferdebesitzer als Mittel gegen Nervosität. Die lang gezogenen, dunklen Laute wirken beruhigend. Dagegen schüchtert ein scharfes Kommando wie »Sei still!« bei Angst zusätzlich ein.

**82b.** Die Geheimstelle für die Entspannung sitzt am Übergang zwischen Hals und Rücken, genauer gesagt am Widerrist. Kraulst du ein nervöses oder ängstliches Pferd an dem Punkt, beruhigt es sich.

**83b.** Ein vertrauter Mensch, der den Kopf hält, dem Pferd gut zuredet und es liebevoll krault, nimmt ihm die Angst vorm Schmied.

**84b.** Wenn du dich von hinten an ein Pferd heranmachst, wirst du es nie einfangen. Jede »Bedrohung« von hinten treibt das Tier vor sich her. Es kann sogar passieren, dass es sich in die Enge getrieben fühlt, auskeilt und Haken schlägt.

**85a.** Wenn jemand absolut bewegungslos an der Ecke steht, erkennen Pferde ihn nicht als Menschen. Selbst dann nicht, wenn sie ihn gut kennen. Bewegt sich der alte Freund plötzlich – das Pferd hielt ihn für einen Teil der Landschaft –, erschrecken Pferde sich fürchterlich.

**86b.** Der Geruch von Schweinen bringt viele Pferde zum Tänzeln und macht sie nervös. Wenn du weißt, dass der Reitweg an einem Bauernhof mit Schweinen vorbeiführt, musst du besonders fest im Sattel sitzen. Dann überträgt sich deine Sicherheit auf das Pferd.

**87c.** Der Reiter muss dem Pferd immer sagen, wo es langgeht. Weißt du, was dein Pferd dir mit dem eigenmächtigen Grasen zeigt? Dass es sich selber für den Chef hält. Gut, beim Grasen ist das nicht tragisch – aber es kann sein, dass dein Pferd an der nächsten Ecke einfach beschließt einen gestreckten Galopp einzulegen. Das ist dann schon weniger süß, stimmt's?

**88c.** Dein Pferd begreift nur dann, dass es alles richtig gemacht hat, wenn du es sofort nach der Tat lobst. Innerhalb von zwei Sekunden muss dein »braaav« kommen. Dazu darfst du auch ein Leckerli geben.

**89c.** Jeder kann sein Pferd mit der Stimme loben. Am besten sagst du lang gezogen »guuut« oder »suuuper« oder »braaav«. Das Wort erkennt dein Pferd zwar nicht, aber es merkt am freundlichen Ton, dass es alles richtig gemacht hat.

**90c.** Wenn du einmal Pferde beobachtet hast, die aus lauter Freude am Toben Laufspiele anzetteln, dann weißt du, wie dringend die Vierbeiner reiterlos galoppieren wollen.

**91a.** Nach einer anstrengenden, Schweiß treibenden Reitstunde will jedes Pferd sich ausgiebig wälzen. Egal, ob in der Reithalle, auf dem Paddock oder auf der Weide. Zwar lockt auch der Futtertrog, aber wenn unsere Vierbeiner erschöpft sind, fehlt der Hunger erst mal. Du hast ja auch keinen Appetit, wenn du eine Power-Sportstunde hinter dir hast.

**92b.** Stundenlang kauen Pferde genüsslich Halm für Halm ihres Heu-Vorrats. Eine Beschäftigung, die gut für die Zähne ist und sehr beruhigend wirkt. Die ganze Nacht durchschlafen kann übrigens kein Pferd. Alle paar Stunden muss geäpfelt werden, und das geht nur im Stehen. Außerdem bleiben Pferde als Fluchttiere niemals lange liegen.

**93b.** Leckerli gibt man nur als Belohnung nach einer guten Leistung. Höchstens noch zur Begrüßung oder nach der Reitstunde. Steckt man einem Pferd ständig etwas zu, erzieht man es zum Bettler und Beißer, der sein Recht auf Leckerlis mit den Zähnen durchsetzt.

**94a.** Viele Pferdekrankheiten entstehen, weil während der Fütterung Unruhe, Stress und Hektik im Stall herrschen. Gift für unsere sensiblen Vierbeiner. Ruhe ist nötig, sonst schlingen sie ihr Futter herunter und bekommen Magenprobleme.

**95a.** Wenn es keine Möglichkeit gibt, für jedes Pferd einen Futterplatz einzurichten, bekommt das Leittier zuerst sein Fressen. Macht man das nicht, führt der Chef der Herde ein Riesentheater auf, beißt und macht den anderen das Leben zur Hölle.

**96b.** Tatsächlich zucken viele Pferde während der Putzstunde genüsslich mit der Oberlippe. Das sieht aus wie bei einem Kamel.

**97a.** Mit deiner Laune kannst du Pferde beeinflussen. Schlurfst du missmutig in die Box, wird dein Pferd dich kaum schnaubend empfangen. Bist du gut drauf, begrüßt dein Pferd dich mit gespitzten Ohren und freundlichem Blick. Wenn du Angst hast, reagiert das Pferd ebenfalls furchtsam. Denk daran, dass du für die Herde ein Mitglied bist. Deine Stimmung überträgt sich auf die sensiblen Vierbeiner.

**98c.** Natürlich hast du ganz spontan gesagt: »Alle Pferde müssen gleich gut behandelt werden. Egal, ob sie groß, klein, teuer, nützlich, schön oder unscheinbar sind.« Du bist eben ein wahrer Tierfreund.

## *3. Kapitel*
## *Kennst du Rassen, Farben und andere Pferdemerkmale?*

**99c.** Friesen beeindrucken durch ihren stattlichen Körper und ihre ausschließlich schwarze Farbe. Typisch sind die gewellte, prächtige Mähne und die »Puschel« an den Fesseln, die man Kötenbehang nennt. Friesen gelten als edle, schwere Warmblüter.

**100b.** Haflinger wurden nach ihrer Heimat genannt, dem Dorf Hafling in Südtirol. Es sind hübsche Füchse mit heller Mähne und hellem Schweif, liebevoll »Blondies« genannt. Haflinger werden bis 1,48 m groß und gehören darum zu den Kleinpferden.

**101b.** Oldenburger, Holsteiner und Westfale sind deutsche Pferde. Friese und Gelderländer kommen aus den Niederlanden, der Freiberger stammt aus der Schweiz. Hunter und Connemara-Ponys sind in Irland zu Hause, der Foxtrotter in den USA.

**102c.** Vor 150 Jahren mussten die Shettys in Bergwerken unter der Erde schwere Wagen ziehen. Man nannte sie Grubenpferde. Oft bekamen die Ponys jahrelang weder Sonne noch frische Luft, weil sie auch nachts im Bergwerk bleiben mussten. In Deutschland gab es auch Grubenpferde.

**103b.** Hannoveraner Pferde tragen dieses Zeichen. Die anderen beiden Bezeichnungen gibt es gar nicht.

**104b.** Die robusten, kleinen Vierbeiner nennt man Island-Pferde. Du siehst sie auf den Seiten 9 und 97.

**105a.** Kolumbus und seine Männer brachten bei der Entdeckung Amerikas auf ihrem Schiff auch Pferde mit. Einige der Andalusier und Berber rissen aus und verwilderten. Die Nachkommen leben als freie Mustangs in den USA.

**106b.** Oldenburger Pferde – Allround-Reitpferde – tragen als Brandzeichen das O mit Krönchen. Osnabrücker Kaltblut gibt es nicht.

**107a.** Andalusier sind sehr elegante Pferde aus der Landschaft Andalusien in Südspanien.

**108c.** Tinker, die gescheckten Pferde Irlands, waren ursprünglich die robusten Pferde der Kesselflicker, die mit Fuhrwerken über Land fuhren. Tinker heißt auf Englisch Kesselflicker.

**109b.** Auf dem Trojanischen Pferd hättest du schlecht reiten können – es war nämlich ein Bauwerk aus Holz! Innen versteckten sich griechische Krieger. Das Holzrücke-Pferd dagegen ist ein echter Vierbeiner. Das Pferd, meistens ein Kaltblüter, zieht gefällte Baumstämme aus engen Wäldern, in die große Trecker nicht gelangen. Der Holzsteiner schreibt sich natürlich anders – nämlich Holsteiner, weil er aus Schleswig-Holstein stammt.

**110a.** Araber ist richtig. Sahara-Halbblut klingt interessant, gibt es aber nicht. Appaloosa gibt es zwar, aber diese Westernpferde mit der schönen Fellzeichnung kommen aus Amerika. Und da sagt man bekanntlich »Hello«.

**111c.** Norweger und Fjord-Pferde sind ein- und dieselbe Pferderasse. Ursprünglich stammen die robusten Kleinpferde aus Norwegen, wo es viele Fjorde gibt. Typisch ist das hellbraune Fell (man nennt die Farbe falb). Die Mähne ist zweifarbig und wird oft zur Stehmähne gestutzt, (siehe Foto Seite 41).

**112b.** Inmoor-Ponys? Phantasiepferde! Dagegen sind Exmoor- und Dartmoor-Ponys alte robuste Rassen aus England.

**113a.** Weiße Lipizzaner zeigen in Wien Reitkunst in höchster Vollendung, die so genannte Hohe Schule.

**114c.** Lagst du richtig? Glückwunsch! Dann zählst du schon zu den richtigen Pferdekennern. In der Wüstenheimat der Araber gibt es nicht nur Hitze, sondern nachts auch grimmige Kälte. Damit werden die zähen Araber spielend fertig – aber nicht mit kaltem Dauerregen.

**115a.** Pippi Langstrumpf war die Starke, die einen Knabstrupper auf die Terrasse heben konnte. Ihr Pferd hieß »Kleiner Onkel«. Es war gescheckt, das heißt, es hatte schwarze Flecken auf weißem Fell. Das ist das Kennzeichen dieser Rasse.

**116a.** Polizeipferde werden sorgfältig ausgebildet. Sie müssen in jeder Situation im Gelände und auf der Straße cool bleiben, selbst wenn z. B.

nach einem Fußballspiel brüllende Fans durch die Straßen ziehen, bei Schüssen und Flammen. Durch einen brennenden Reifen zu springen ist zwar supermutig– genügt aber nicht für ein Polizeipferd.

**117c.** Cowboys hüten riesige Rinderherden, die sie über lange Strecken vorwärts treiben. Dazu brauchen sie ausdauernde Pferde und eine Reitweise, mit der sie schnell stoppen und wenden können. Wichtig ist auch, dass sie mit einer Hand das Lasso schwingen können, während die andere Hand allein mit den Zügeln klarkommen muss.

**118c.** Falabella-Ponys sind winzig, manche reichen einem Erwachsenen nicht mal bis zum Knie. Sie stammen von kleinen Shetland-Ponys ab. Die Ponyzwerge aus Argentinien sind aber keineswegs lebendiges Spielzeug! Sie müssen genau so versorgt werden wie jedes Pferd, brauchen Auslauf, Weide und Artgenossen.

**119c.** Bis 1,48 m. Vierbeiner von 1,30 m–1,48 m heißen Kleinpferde (Isländer, Fjordies). Unter 1,30 m Höhe spricht man von Ponys (Shetland-Ponys, Exmoor-Ponys usw.)

**120c.** Maultiere, auch Mulis genannt, sind Kreuzungen aus Eselhengsten und Pferdestuten. Die starken, liebenswerten Tiere werden vor allem als Packtier zum Tragen von Lasten eingesetzt. Ein Muli sieht meistens einem Pferd ähnlicher als einem Esel, ist schwindelfrei und trittsicher. Übrigens: Ist die Mutter eine Eselstute und der Vater ein Pferdehengst, nennt man das Fohlen Maulesel.

**121c.** Für Westernpferde gab es in Amerika keine Rennbahnen. Darum trugen die Cowboys Wettbewerbe auf Dorfstraßen aus. Die Wege waren nur eine viertel Meile lang – eine »Quarter Mile«. Weil die Westernpferde auf dieser Strecke ein unglaublich schnelles Tempo erreichten, bekamen sie den Namen der Meile – Quarter.

**122c.** Shire-Horses, die Pferde der Ritter, stammen aus England. Sie werden bis etwa 1,78 m groß und können ungeheuer schwere Lasten ziehen. Typisch ist der lange weiße Fesselbehang.

**123a.** Das ist eine etwas fiese Frage, zugegeben. Die Rasse heißt Schweres Kaltblut. Allerdings nennt man die Vierbeiner vor Bierwagen auch Brauerei-Pferde – das ist aber keine Rasse-Bezeichnung.

**124c.** Kaltblüter tragen ihren Namen wegen ihrer »Kaltblütigkeit« und Gelassenheit. Das Blut ist bei allen Pferden warm.

**125b.** Fohlen sind zunächst braun, rotbraun oder schwarz und werden erst im Laufe ihres Lebens zu Schimmeln. Bei jedem Haarwechsel kommt mehr weißes Fell dazu. Man nennt das »vorzeitige Vergreisung«. Das ist so, als ob ein Jugendlicher schon graue Haare bekommt. Werden doch mal weiße Fohlen geboren (man nennt sie Albinos), ist das meistens eine krankhafte Ausnahme. Deren Augen sind rot, die Haut an den Nüstern hellrosa, die Hufe sehr hell.

**126c.** Schwarze Pferde heißen Rappen. Manche sind nur im Sommer schwarz und bekommen im Winter braune Stellen. Diese Vertreter nennt man Sommerrappen. Mit Schwarzkittel sind Wildschweine gemeint.

**127b.** Die Fellfarbe kann braun oder rötlich aussehen. Mähne und Schweif haben die Farbe des Fells oder sie sind heller. Viele Füchse besitzen blonde Mähnen, zum Beispiel Haflinger.

**128b.** Braune haben immer schwarze Mähnen und schwarze Schweife. Selbst wenn das Fell röter aussieht als bei jedem echten Fuchs – wenn die Mähne schwarz ist, gilt das Pferd als Brauner.

**129c.** In schwarzem, braunem und rotem Fell wachsen weiße Haare. Ein braunes Pferd mit Stichelhaaren gilt nicht als Brauner, aber auch nicht als Schimmel. Stichelhaar-Pferde nennt man Braunschimmel, Rotschimmel, Schwarzschimmel.

**130c.** Falben sind eigentlich Braune, nur sehr hell, oft mit einem Stich ins Gelbliche oder Ockerfarbene. Häufig bei Robustponys zu finden. Die Farbe selber heißt »Falb«.

**131b.** Muster im Fell ist typisch für Schecken. Die Zeichnung kann aussehen wie bei einer Kuh, es können aber auch kleine Punkte sein wie bei der Rasse »Knabstrupper«, dazu gehört das Pferd von Pippi Langstrumpf. Auch viele Westernpferde sind Schecken.

**132a.** Übersetzt heißt der Name »Schwarze Schönheit«, das sagt schon alles. An Black Beauty war alles schwarz, ein prachtvoller Rappe.

**133c.** In wilden Herden siehst du fast nur erdige Farbtöne: Torfbraun, Mausgrau, Hellbraun. Tarnfarben, die Wildpferde vor Angreifern schützen. Ein Schimmel dazwischen wäre eine Katastrophe! Genauso gut könnten die Pferde eine Laterne in ihre Herde stellen!

**134b.** Der schmale schwarze Strich, der sich von der Mähne bis zum Schweif über den Rücken zieht, ist ein Überbleibsel der Wildpferde. Nur wenige Rassen besitzen diesen Aalstrich, vor allem Fjord-Pferde, aber auch Dülmener Pferde und Island-Pferde.

**135b.** An den Abzeichen lässt sich jedes Pferd gut erkennen, darum werden sie auch in den Pferdepass eingetragen.

**136c.** Die kleine weiße Stelle auf der Stirn heißt Stern (siehe das rechte Pferd auf Seite 6).

**137a.** Blessen gibt es in vielen Arten. Am bekanntesten ist das durchgehende weiße Abzeichen von der Stirn bis zu den Nüstern (siehe das linke Pferd auf Seite 6).

**138c.** Schnippe heißt der weiße Fleck zwischen den Nüstern.

**139c.** Laternen heißen so, weil der Pferdekopf durch die extrem breite Blesse richtig leuchtet. Meistens ist auch noch ein Auge einbezogen. Das sieht dann ebenfalls ganz hell aus und wird Glasauge genannt.

**140b.** Krötenmaul nennt man ein Pferdemaul mit den lustigen, kleinen Flecken.

**141b.** Das helle Fell rund um Maul und Nüstern ist ein Kennzeichen für uralte Pferde- und Ponyrassen (z. B. Exmoor-Pony, zahlreiche Fjord-Pferde und Dülmener, Przewalski-Pferde) und auch für Esel.

**142b.** Der Schopf ist die Fortsetzung der Mähne auf der Stirn. Sieht aus wie eine Ponyfrisur bei Menschen.

**143c.** Reißzähne bei Pferden? Fehlanzeige! Solche scharfen Teile im Maul brauchen nur Tiere, die Beute schlagen – Löwen, Wölfe, Hunde, Katzen usw. Pferde fressen ausschließlich Pflanzenkost, sie sind also Vegetarier. Das erkennst du an ihrem Gebiss. Die Zähne sind total gerade und eignen sich nicht zum Reißen von Fleisch. Beruhigend, oder?

**144a.** Im Winter wächst ein längeres, dickeres Fell, im Frühjahr fällt dieser Kältepelz wieder aus – und schwups sind die Pferde passend für warme Sommertage angezogen.

**145c.** Pelzmantel trifft es genau. So optimal ins Winterfell gekleidet, frieren Warmblut-Pferde draußen nicht. Jedenfalls solange es trocken ist. Sind die Pferde nass von Regen oder schweißtreibender Arbeit, dürfen sie nicht im kalten Wind stehen.

**146b.** Das Vorderfußwurzelgelenk sitzt am Vorderbein. Viele nennen das Gelenk auch Knie, was aber falsch ist. Knie hat das Pferd an den Hinterbeinen.

**147a.** Bei Pferden gibt es nur vorne den Bug. Wer Heck und Backbord sucht, fährt doch besser mit dem Schiff.

**148c.** Natürlich die Kniescheibe! Schon mal einen Menschen mit Pferdeschwanz am Ende des Rückens gesehen? Na also! Und einen Widerrist, diesen erhöhten Teil des Rückens direkt hinterm Hals, den haben nur Vierbeiner.

**149b.** Die »Kastanien« an den Beinen unserer Pferde sind ein Überbleibsel aus der Urzeit. Die kleinen Horngebilde sind nämlich Überbleibsel von Zehen, die Pferde vor vielen Millionen Jahren besaßen. Erst später bildeten sich Hufe, so wie du sie kennst.

**150b.** Deckhengst ist richtig. Ein allein erziehender Wallach wäre wohl mit einem Fohlen rettungslos überfordert . . .

**151c.** Natürlich dauert es bei Pferden länger als bei Menschen, bis die Babys fertig zur Geburt sind. Fohlen sind ja viel größer als Kinder. Bei einer Frau rechnet man mit neun Monaten, bei Pferden mit elf Monaten.

**152b.** Die Zeit, in der sich das Fohlen im Mutterleib entwickelt, wird Trächtigkeit genannt. Man sagt auch: »Die Stute ist tragend.«

**153a.** Auf Gestüten werden Pferde gezüchtet und jede Menge Fohlen geboren.

**154a.** Ein Wallach ist ein kastrierter Hengst. Das heißt, er wurde operiert und kann keine Fohlen mehr zeugen. Als Reitpferde nimmt man fast immer Wallache. Sie sind viel ruhiger als Hengste und rennen nicht hinter jeder Stute her . . .

**155c.** Von der Seite sieht ein Ramskopf nach vorn gewölbt aus. Ramsköpfe gibt es z. B. bei Lipizzanern, Berbern und Andalusiern.

**156b.** Wenn man sagt: »Der hat ja eine Pferdelunge«, dann meint man einen besonders ausdauernden Menschen. Das geflügelte Wort stammt daher, dass Pferde wirklich eine einmalig große Lunge besitzen. Um die gesund zu halten, brauchen Pferde viel frische Luft. Viele Boxenpferde werden durch ständigen Staub im Stall krank. Übrigens: Der Pferdemagen ist ziemlich klein.

**157b.** Trittsichere Pferde marschieren, ohne zu stolpern, durchs Gelände, auch wenn es holperig und steinig ist.

**158b.** Griffelbeine sind sehr feine Knöchelchen im Pferdebein, die leicht brechen können, z. B. durch Tritte beim Rangeln und Anschlagen gegen ein Hindernis.

**159a.** Auf dem Mähnenkamm wachsen die Mähnenhaare. Diese obere Kante des Halses ist bei robusten Ponys breit, bei Vollblütern eher schmal.

**160c.** Bestimmt kennst du die breite Lücke im Pferdemaul zwischen Schneidezähnen und Backenzähnen. Man nennt sie Laden. Darauf legt man das Gebiss der Trense.

**161b.** Das Körperfell des Pferdes heißt Deckhaar und wechselt zweimal im Jahr. Zum so genannten Langhaar zählen Mähne, Schopf und Schweif.

**162c.** Hufe kannst du mit deinen Fingernägeln vergleichen. Natürlich ist das Horn bei Pferden viel dicker, es muss ja auch viel mehr aushalten. Hufe raspeln tut dem Pferd genauso wenig weh wie dir das Feilen der Fingernägel.

**163a.** Ein großer Vierbeiner hinterlässt jeden Tag etwa 15 kg Pferdeäpfel. Liegen diese Haufen zu lange in der Box, geben sie ungesunde Dämpfe ab, die das Pferd einatmen muss. Darum ist es so wichtig, ständig Mist und Äpfel aus der Box zu holen.

**164c.** Große Pferde wie Hannoveraner, Holsteiner, Westfalen und Friesen wiegen ungefähr 500–600 kg. Isländer und Fjord-Pferde bringen etwa 300–400 kg auf die Waage, selbst ein kleines Shetland-Pony wiegt immerhin 100–200 kg.

**165b.** Wenn man von einem 1,60 m großen Pferd spricht, dann ist das Stockmaß gemeint. Das ist die Höhe des Pferdes vom Boden bis zum Widerrist. Neben das Vorderbein stellt man einen langen Stock. Eine zweite Latte legt man quer über den Widerrist. Wo beide Stöcke aneinander stoßen, wird die Höhe gemessen.

**166a.** Ein Fachmann schaut dem Pferd ins Maul, um sein Alter zu erkennen. Die Lebensjahre lassen sich an den Kauflächen der Zähne ablesen. Je nachdem, wie stark die abgenutzt sind. Bei alten Pferden streckt sich das gesamte Gebiss nach vorn.

**167b.** Ab 15–20 Jahren (je nach Rasse) wird ein Pferd langsam zum Senior. Die Zähne mahlen nicht mehr so gut, der Rücken senkt sich, der Kopf wirkt länger und knochiger, aber dadurch auch edler.

## *4. Kapitel*
## *Weißt du Bescheid über Pflegen, Reiten, Pferdesport?*

**168b.** Weil man nicht jedes Schulpferd kennt, ist es wichtig, sich mit dem Pferd vor der Reitstunde vertraut zu machen. Beim Putzen geht das gut. Du merkst gleich, ob es eher ängstlich oder selbstbewusst ist.

**169a.** Schlimm genug, wenn ein Pferd sich eine Krankheit eingefangen hat, z. B. Hautpilz. Putzt man mit der Bürste des Patienten über ein gesundes Pferd, wandert der Pilz gleich mit.

**170a.** Gestriegelt werden nur die weichen Muskelstellen. Verschmutzte, knochige Zonen bürstet man ab. Wer mit dem Striegel auf den Knochen herumkratzt, tut dem Pferd weh. Und riskiert, dass der Vierbeiner den Spaß am Putzen verliert und zickig reagiert.

**171c.** Beim Ausklopfen des Striegels fällt der Schmutz heraus. Wer sehen will, was er putzmäßig geleistet hat, schlägt den Striegel immer an einer anderen Stelle aus. In manchen Ställen zählt der Reitlehrer die Striegel-Abdrücke vor der Box und lobt fleißige Reitschüler.

**172b.** Das Besondere an einer Kardätsche ist die Handschlaufe. Man hat die Bürste damit fest im Griff und kann große Fellflächen säubern, ohne abzurutschen.

**173b.** Weidepferde putzt man nur vorm Reiten. Sonst nicht, auch wenn sie aussehen wie kleine Schweine. Das dreckverkrustete Fell hat seinen Sinn, denn Insekten kommen mit ihren Stechrüsseln schlecht an die Haut heran. Häufiges Putzen würde außerdem Fett aus dem Fell entfernen. Den braucht das Pferd als Schutz vor Regen und Wind.

**174a.** Der Schweif wird verlesen, indem man die einzelnen Haare auseinander zupft und z. B. Stroh herauszupft. Nicht bürsten, weil ausgerissene Haare jahrelang zum Nachwachsen brauchen! Verklebte Schweife lieber waschen.

**175b.** Vom Anbindepfosten muss der Hof 3–3,50 m in alle Richtungen aufgeräumt sein. Auch wenn dein Pferd 99-mal still steht, beim 100. Mal kann es passieren, dass es zur Seite springt und sich verletzt, wenn es in die Putzbox springt oder auf die Zinken der Mistgabel tritt.

**176c.** 60–80 cm Stricklänge sind gut. Dann besteht kaum Gefahr, dass dein Pferd beim Herumhampeln mit dem Huf in den Strick gerät, hängen bleibt und in Panik gerät. Das passiert bei zu lang angebundenen Pferden. Ganz kurz darfst du dein Pferd aber auch nicht anbinden. Es braucht die Möglichkeit, sich umzusehen, um nicht zu scheuen.

**177a.** Panikhaken gehören ans Ende von Anbindestricken und werden ins Halfter gehakt. Gerät das Pferd in Angst, kannst du die Schiebevorrichtung mit einem kräftigen Zug öffnen. Der Haken muss so stabil sein, dass er nicht beim kleinsten Ruck des Pferdes von selber aufgeht.

**178c.** Wenn Mist, Pferdeäpfel und Steinchen nicht täglich mit dem Hufkratzer entfernt werden, leidet die Hufsohle. Kleine Steine können sich rasch tief in den Huf drücken. Dann entsteht ein sehr schmerzhaftes Hufgeschwür.

**179a.** Pferden wird früh beigebracht, dass sie beim Streichen entlang den Beinen und dem Wort »Huf« oder »Fuß« den Huf heben sollen. Hände weg von schlafenden Pferden! Berührst du sie im Tiefschlaf, kommt das Fluchttier in ihnen durch –

sie springen in Panik auf, kriegen Herzrasen und können dich verletzen.

**180a.** Huffett dient dazu, die Feuchtigkeit im Huf zu halten, damit das Horn elastisch bleibt. Auf trockenen Hufen ist das Einpinseln sinnlos. Einfetten ist nur bei Stallpferden nötig. Geht ein Pferd regelmäßig auf die Weide, hält feuchtes Gras die Hufe besser in Schuss als jedes Fett.

**181a.** Der Kronrand – der obere Hufrand – ist empfindlich. Beim Bürsten des Hufes darf man auf diesem ein Zentimeter breiten Stück nicht hin und her rubbeln.

**182c.** Wenn das Pferd sich täglich gut bewegen kann, wächst der Huf etwa einen Zentimeter im Monat. Damit die Beine gesund bleiben, müssen Hufe regelmäßig geschnitten bzw. beschlagen werden.

**183a.** Weil das Horn ständig nachwächst, muss der Schmied die Hufe alle 6–8 Wochen nachschneiden oder Eisen unterschlagen. Leider sind viele Pferdebesitzer nachlässig und lassen den Schmied zu selten kommen.

**184b.** Ein dicker Knoten ist die beste Lösung.

**185a.** Zu »Sattel« passt alles: Sattelgurt, Sattelkammer, Sattelseife. Bei den anderen Wörtern kann man nur Futter-kammer und Voltigier-gurt ergänzen.

**186a.** Selbst ziemlich kleine Reiter können den Sattel schleppen, wenn sie ihn über die Unterarme legen.

**187a.** Der Sattelbock ist ein Gestell, auf dem der Sattel bis zum Gebrauch liegt.

**188b.** Vielseitigkeitssättel findet man oft in Reitschulen, weil es viel zu teuer ist, für jeden Zweck einen eigenen Sattel zu kaufen. Beim reinen Springsattel hat der Reiter dicke Polster für sein Knie, beim Dressursattel ist das Sattelblatt extralang, damit die Reiterbeine schön am Pferd liegen. Der Vielseitigkeitssattel hat von beiden Modellen etwas.

**189b.** Zwischen Sattelgurt und Vorderbein muss eine Handbreit Platz sein. Dann drückt der Sattel nicht auf den Widerrist und behindert auch nicht die Bewegung der Vorderbeine.

**190a.** Pferde können sich ganz dick machen, sie »blasen sich auf«, wenn sie keine Lust auf Satteln haben. Dann passt der Gurt nicht mal in das erste Loch. Entweder verlängerst du den Gurt auf der anderen Seite des Sattels oder du wartest kurz ab. Das Aufblasen gibt sich meistens schnell. Spätestens, wenn das Pferd geführt wird.

**191c.** Gebiss nennt man das Metallstück der Trense (auch Trensengebiss oder Mundstück genannt). Es liegt im Pferdemaul auf der Zunge.

**192a.** Vor dem Auftrensen legt man den rechten Arm um die Pferdenase und hält das Zaumzeug in der rechten Hand. Durch das »Umarmen« des Kopfes weiß das Pferd, dass jetzt Aufzäumen angesagt ist.

**193b.** Fast alle Pferde reagieren sofort, wenn man mit dem Daumen auf die seitlichen Laden drückt: Sie öffnen die Zähne und der Reiter kann das Mundstück der Trense hineinschieben.

**194c.** Das Zaumzeug hängt man sich über eine Schulter, und zwar Kopfstück und Zügel. Dabei baumelt das Trensengebiss unten. Wie man Zaumzeug wegräumt, siehst du auf Seite 61.

**195c.** Wenn du neben dem Pferd stehst, ist es ziemlich einfach. Aber wenn du es erklären sollst, wird es schon komplizierter, stimmt's? Richtig ist, dass man zuerst den ringförmigen Nasenriemen des Stallhalfters über die Nase zieht.

**196a.** Alle Zubehörteile aus Leder müssen regelmäßig mit Lederseife gewaschen und nach dem Trocknen eingefettet werden. Sonst bekommen sie Risse, werden hart und tun dem Pferd weh.

**197b.** Reitkappen sind kein überflüssiger Schnickschnack, mit dem Reiter protzen, um auf ihr tolles Hobby hinzuweisen. Kappen sind regelrechte Sturzhelme – ähnlich wie die fürs Fahrrad. Fällst du vom Pferd, schützt die Kappe dich vor Verletzungen. Kappen sind Pflicht!

**198a.** Reitstiefel mit Absatz dienen der Sicherheit. Der Fuß rutscht nicht so schnell durch den Steigbügel. Reitstiefel besitzen außerdem hinten eine feste Kappe. Tritt dir beim Führen ein Pferd versehentlich in die Hacken, ist der Schmerz auszuhalten. Trägst du Turnschuhe, siehst du Sterne.

**199b.** Unbedingt »Tür frei« rufen, bevor du die Reithalle betrittst. Und erst reingehen, wenn alle dich gesehen haben. Oder wenn ein Reiter »Tür ist frei« zurückruft. Das ist wichtig, damit du nicht mit einem Pferd zusammenknallst, das gerade am Eingang entlanggaloppiert.

**200a.** Zieh den Sattelgurt gut nach, bevor du einen Fuß in den Steigbügel setzt. Ein lockerer Sattel rutscht zu Seite – du kannst hinfallen und hängen bleiben. Und das Pferd bekommt Scheuerstellen.

**201c.** Der Trampelpfad entlang der Begrenzung (Bande) wird Hufschlag genannt.

**202a.** Pferde, die direkt aus dem Stall kommen, sind steif und wenig beweglich. Für schwere Lektionen ist ihr Körper noch nicht fit. Erst durch 20 Minuten Schrittarbeit lockern sich die Muskeln.

**203c.** 2,40 m ist eine Pferdelänge. Dieses Ausmaß hat ein Großpferd. Eine Pferdelänge Abstand hältst du auch beim Führen von Pferden hintereinander ein. Zur Sicherheit.

**204a.** Wenn der Schweif mit der Bewegung hin- und herpendelt, bekommst du sicher ein Lob vom Reitlehrer.

**205b.** »Losgelassen« nennt man ein Pferd mit schwingendem Rücken, das zufrieden schnaubt. Der Schweif pendelt locker. Maul, Ohren und das ganze Gesicht wirken entspannt.

**206b.** Kein Pferd ist von Natur aus böse und heckt Missetaten gegen seinen Reiter aus. So weit kann es nicht denken. Wird der Reiter abgeworfen, dann meistens aus Angst. Das Pferd erschreckt sich und will flüchten. Das geht schneller ohne jemand auf dem Rücken. Boxenpferde wollen sich oft einfach die Steife aus den Knochen buckeln.

**207b.** Rückwärtsrichten gehört zu den Lektionen, die Pferde lernen müssen. Da ein Pferd nicht gern rückwärts geht, ist diese Übung ein Test, ob es dem Reiter willig gehorcht.

**208c.** Junge Pferde lernen bei der Bodenarbeit, dem Menschen Vertrauen und Respekt entgegenzubringen. Außerdem begreifen sie vom Boden aus neue Lektionen besser als aus dem Sattel.

**209a.** Nachdem das Pferd zuerst an eine Decke auf dem Rücken gewöhnt wird, später an Sattel und Sattelgurt, legt sich der Reiter quer über den Sattel.

**210a.** Der Reitlehrer lenkt das Pferd an der langen Longe, während der Anfänger übt ausbalanciert im Sattel zu sitzen. Wenn man die Zügel nicht halten muss, klappt das ruhige Sitzen viel besser. Ein unerfahrener Reiter, der allein reitet, zieht am Zügel und tut dem Pferd weh.

**211c.** Voltigierpferde ertragen geduldig, dass Mädchen und Jungen auf ihrem Rücken turnen. Statt eines Sattels trägt das Pferd einen Voltigiergurt mit Griffen zum Festhalten für die Voltigierer.

**212b.** Dass es Therapiepferde gibt, ist ein großes Glück für Behinderte. Diese besonders ruhigen und sicheren Pferde tun Körper und Seele gut. Man kann das weiche, warme Fell anfassen, hört das vertrauensvolle Schnauben, genießt den Ritt auf dem schwingenden Pferderücken und gewinnt Selbstbewusstsein. Meistens wird das Pferd mit dem Behinderten am Zügel geführt. Man nennt die Behandlung »therapeutisches Reiten« oder »Hippotherapie«.

**213c.** Eine Gruppe, die hintereinander reitet, wird Abteilung genannt. Ein fortgeschrittener Reiter mit einem erfahrenen Pferd führt die Abteilung an, damit er die Figuren, wie z. B. Zirkel oder Schlangenlinien, ordentlich vorreiten kann.

**214b.** So schreibt sich die schnellste Gangart richtig: Galopp.

**215a.** Wer lässt sich schon gern den ersten Platz streitig machen? Pferde genauso wenig wie Menschen. Galoppiert man am Vorderpferd vorbei, führt das unweigerlich zu einem Wettrennen, bei dem die gesamte Gruppe unkontrolliert davonstürmt.

**216b.** Im Gelände galoppiert man im leichten Sitz, um den Pferderücken zu entlasten. Dazu hebt man sich leicht aus dem Sattel, neigt sich nach vorn und steht mit angelegten Knien in den Steigbügeln.

**217a.** Auf Straßen reitet man scharf rechts hintereinander. Vorne und hinten sollten erfahrene Pferde mit guten Reitern gehen.

**218a.** Aus Rücksicht pariert man sein Pferd zum Schritt durch, wenn einem Fußgänger, Radfahrer und andere Reiter entgegenkommen.

**219a.** Manche Pferde haben Angst vor großen Steinen, Müllsäcken, Reifenstapeln am Wegesrand. Auf keinen Fall darf man sein Pferd mit Gewalt »vorbeiprügeln«, wie man es mitunter sieht. Ein cooles Pferd geht vor, die anderen folgen normalerweise. Gut ist es, wenn du zum Angst-Gegenstand hinreitest, damit dein Pferd ihn untersuchen kann. Umwege über den Acker für den absoluten Notfall reservieren.

**220b.** So sitzt du richtig ab: Du stützt dich mit den Händen vorn am Sattel ab. Erst dann nimmst du dein rechtes Bein aus dem Steigbügel und schwingst es über den Pferderücken.

**221b.** Das Trensen-Gebiss wäscht man ab, damit keine Speichel- und Futterreste daran festkleben. Beim nächsten Auftrensen würden die nämlich im Maul scheuern.

**222a.** Pferde ertragen Minustemperaturen viel besser als Menschen. Ein normaler Vierbeiner braucht auch im Winter keine Decke. Es gibt nur wenige Ausnahmen: z. B. wenn das Pferd verschwitzt in Zugluft steht oder im Hänger gefahren wird. Wenn es sehr alt ist. Bei Kolik (schlimme Bauchschmerzen). Geschorene Pferde brauchen ebenfalls eine Decke, weil ihre Haut nicht geschützt ist. Sie erkälten sich leicht.

**223c**. Abwaschen mit kaltem Wasser und Schwamm tut dem Pferd gut und verhindert Satteldruck.

**224b.** Dass die Zügel »über den Boden schleifen«, darf niemals vorkommen! Mit dem Bild meint die Redensart, dass man schwer nachlässig geworden ist.

**225a.** Das Geläuf besteht aus gepflegtem, kurz geschnittenem Rasen.

**226a.** Englische Vollblüter sind die klassischen Rennpferde, sie werden auf Schnelligkeit gezüchtet. Es gibt aber auch Araber-Rennen.

**227b.** Galopper schaffen eine Geschwindigkeit von rund 70 km/h! Normale Reitpferde bringen es beim Galoppieren im Gelände auf
20–30 km/h.

**228b.** Ein hartes Brot: Jockei darf man sich erst nach 50 gewonnenen Rennen nennen. So weit kommen nur wenige, denn nur ganz zähe Typen überstehen die lange, harte Ausbildung. Jockeis müssen praktisch ständig hungern, um dünn und leicht zu bleiben.

**229a.** Mit Scheuklappen, auch Blendklappen genannt, können Pferde nur nach vorn sehen. Das soll sie weniger ablenken und nicht so rasch zum Scheuen bringen. Üblich bei Rennpferden und Kutschpferden.

**230c.** Ein Pferd packt im Schritt fünf bis sechs Kilometer. Wenn du nebenher gehst, musst du dich schwer anstrengen, um mitzuhalten.

**231b.** Der Trabrennfahrer sitzt im Sulky, in einem zweirädrigen, leichten Rennwagen, aus dem er das Pferd lenkt.

**232b.** Reitjagden hinter lebenden Wildtieren sind in Deutschland verboten. Bei der so genannten Fuchsjagd steckt sich der erste Reiter einen Fuchsschwanz an die Jacke. Die anderen Reiter verfolgen ihn im Galopp und versuchen den Pelz abzureißen. Reitjagden sind nur etwas für erfahrene und besonnene Reiter, da es im Gewühl leicht zu Stürzen kommt.

**233c.** Ein »horseman« ist längst nicht jeder, der sich exzellent mit Pferden auskennt! Nur wer zusätzlich eine faire Tierschutz-Einstellung hat, wird »horseman« genannt.

## *5. Kapitel*
## *Hast du Ahnung von Weide und Stall?*

**234b.** Beim Berühren des Elektrozauns spüren Pferde einen schmerzhaften Stromschlag. Diese unangenehme Erfahrung soll sie davon abhalten, von der Weide auszubüxen, was sie nicht selten versuchen, wenn im Spätsommer zu wenig Gras auf der Weide steht und die Pferde Hunger haben. Auf kargen Koppeln muss man Heu zufüttern.

**235b.** Nur wenn zwei Pferde sich total vertrauen, zupfen sie Maul an Maul die leckersten Gräser ab. Zwei Rivalen würden sich nie so nahe kommen, ohne zu kämpfen.

**236c.** Stell dir mal 30–40 kg Gras vor! Tatsächlich rupfen Pferde diese große Menge ab, wenn sie Tag und Nacht auf der Weide stehen. Kleine Shettys bringen es immerhin noch auf 10 kg Gras.

**237c.** So fängt man ein Pferd auf der Weide ein: Du gehst von der Seite auf die Vorderbeine zu. So erkennt dich das Pferd am besten. Nie rennen, ruhig und entschlossen gehen. Hast du das Pferd am Halfter, lobst du es und gibst ihm ein Leckerli. Aber so heimlich, dass die anderen es nicht sehen.

Die Futterschüssel lockte zwar auch – allerdings käme dann die ganze Herde und es gäbe eine Massenkeilerei.

**238a.** Mit lockeren Weidehalftern können Pferde hängen bleiben, in Panik geraten und sich verletzen. Auf der Weide legt man entweder gar kein Halfter an und oder ein eng verschnalltes.

**239c.** Zweimal pro Woche Pferdeäpfel von der Weide absammeln ist prima. Ganz ideal wäre es täglich. Denn wo Äpfelhaufen liegen, wächst kein Gras mehr. Außerdem verbreiten sich Würmer, dadurch werden Pferde krank und magern ab.

**240c.** Vorsichtshalber trennt man ein neues Pferd zunächst durch einen Zaun von der Herde. Neugierig wird jedes Pferd mal herantraben, um den Neuankömmling zu beschnuppern. Erst nach einigen Tagen bringt man den Neuen auf die Gemeinschaftsweide. Inzwischen ist er bekannt und es gibt keine große Aufregung mehr.

**241a.** Ist die Weide im Spätsommer abgegrast, füttert man Heu zu. Heuraufen aus Metall müssen so groß sein, dass auch rangniedere Pferde fressen können, ohne vom Leittier verjagt zu werden.

Verregnetes Heu schimmelt, darum muss man Raufen täglich überprüfen.

**242c.** Wo der Schweif nicht hinreicht, um Mücken zu vertreiben, helfen Pferde mit heftigem Kopfstoßen nach. Oft sieht man auch, wie sie lästige Plagegeister durch gezieltes Muskelzittern verjagen.

**243a.** Nur urige, robuste Rassen haben bestimmte Haarwirbel, die Regenwasser abfließen lassen. Das heißt: Sie sind auch im Winter regenfest. Dagegen geht bei Warmblütern Dauerregen durch bis auf die Haut. Stehen solche Tiere nass im kalten Wind, werden sie krank. Sie brauchen gute Schutzhütten. Trockene Kälte vertragen aber Reitpferde hervorragend. Im Winter müssen alle zur Abhärtung unbedingt ins Freie.

**244b.** Selbst in flachen Tümpeln können Pferde im Winter umkommen! Wenn Pferde auf dünnem Eis einbrechen, rutschen sie nämlich blitzartig unter die Eisdecke und sterben schließlich an Unterkühlung. Oder an Erschöpfung beim Befreiungsversuch.

**245b.** Stacheldraht ist auf Pferdeweiden verboten, weil tobende Tiere sich schwer verletzen können.

Alte Stacheldrahtzäune dürfen nur bleiben, wenn der Draht mit viel Abstand durch einen anderen Zaun abgegrenzt wird.

**246c.** Kein echter Tierfreund füttert Pferde am Weidezaun! Warum nicht? Das Leitpferd wird fuchsteufelswild, wenn ein rangniederes Pferd zuerst ein Leckerli bekommt, und es geht zähnefletschend auf den Kumpel los. Das artet schnell in eine Beißerei aus. Außerdem sind Pferdebesitzer sauer, wenn Spaziergänger ihre Tiere füttern, weil die dick werden und vielleicht krank durch falsches Futter.

**247b.** In Offenställen können Pferde sich nach Lust und Laune drinnen oder draußen aufhalten. Gute Anlagen haben drinnen eine große Fläche zum Liegen und Schlafen sowie einzelne Fressständer, in denen man die Pferde füttert.

**248b.** Der Paddock liegt häufig direkt am Stall. Gedacht ist der Auslauf zum Austoben, zum Wälzen und für Kontakte mit anderen Pferden. Paddocks haben meistens Sandboden.

**249b.** Ausläufe müssen lang sein! Besonders Vollblüter und Warmblutpferde brauchen schöne lange Strecken, um ausgiebig zu galoppieren und sich mit ihren Kumpels Wettrennen zu liefern.

**250a.** Stell dir vor, du öffnest die Boxentür und dahinter steht ein Rennwagen im Stroh. Oder ein leibhaftiger Boxer. Nein, das passt nicht. In die Box gehört dein Lieblingspferd!

**251b.** Durch die Stallgasse führst du dein Pferd in die Halle oder nach draußen.

**252b.** Rutschgefahr und Ungeziefer (bei Schmutz lauern Milben in den Startlöchern!) sind die Gründe, eine Stallgasse total sauber und trocken zu halten. Manchmal kommen allerdings die Punkte a und c hinzu ...

**253c.** Einstreu heißt das Bett des Pferdes. Meistens schüttet man Sägespäne als Untergrund auf den Boden, darauf kommt frisches Stroh. Weil Pferde auch von der Einstreu fressen, muss die Box immer gut ausgemistet sein.

**254a.** Bei klirrender Kälte wird Magnesiumsalz in Reithallen gestreut, damit der Boden nicht gefriert. Die Sägespäne-Brocken kleben nämlich unter Hufeisen zu harten Klumpen fest. Tierisch gefährlich. Auf solchen »hohen Absätzen« knicken Pferde um und verletzen sich.

**255b.** Eingeweichtes Futter wird von den Pferden nicht mehr gekaut, sondern gierig heruntergeschlungen. Das stört die Verdauung. Darum liegt die Tränke fern vom Trog.

**256c.** Pferde sind von Natur aus saubere Wesen. Manche verweigern das Trinken total, wenn in ihren Tränken milchige Nebel wabern. Denk daran, dass die Automatiktränke nur klein ist und das Wasser darin sehr schnell gammelt, besonders im Sommer. Am besten täglich mit dem Schwamm durchputzen.

**257a.** Hafer und Gerste liegen in der Futterkammer. Davor gehört eine Tür, die man verschließen kann. Pferde riechen Hafer meilenweit! Jeder ausgerissene Vierbeiner steuert sofort die Futterkammer an und schlägt sich dort den Magen voll, wenn die Tür offen steht. Das ist brandgefährlich, weil Pferde sich regelrecht zu Tode fressen können. Hafer und Gerste gelten als Kraftfutter. Davon darf ein großes Pferd pro Mahlzeit höchstens 2–3 kg fressen, sonst kann der Magen reißen. Dagegen verträgt es Gras und Heu meistens in rauen Mengen.

**258c.** Auf Currywurst und jedes andere Fleisch verzichten Pferde gern. Sie sind ja Vegetarier. Lieber schlagen sie ihre Zähne in Gras, Heu, Hafer. Aber Pferde genießen auch Rote Bete und Bananen.

**259b.** Das Gras von Wiesen wird gemäht und in der Sonne gewendet, bis es trocken ist. Dann nennt man es Heu. Fix und fertige Heupflanzen gibt es leider nicht – obwohl jeder Bauer sich darüber freuen würde. Trockene Halme von Weizen und Roggen heißen Stroh.

**260c.** Heu und Stroh nennt man auch Raufutter. Die langen, sperrigen Stängel müssen gut gekaut werden. Das Pferd ist prima beschäftigt und Magen und Darm freuen sich über die ballastreiche Nahrung.

**261c.** Heustaub macht die empfindliche Lunge von Pferden krank. Hustende Pferde sollten nur gewaschenes Heu fressen. So wäscht man die Halme: Ein Teil des Heuballens wird in eine Tonne oder Schubkarre mit Wasser gelegt und ordentlich durchgewalkt. Mit der Heugabel herausholen, abtropfen lassen und feucht servieren.

**271a.** Ein Netz mit Heu baumelt vor dem Pferd im Hänger, damit es während der Fahrt beschäftigt ist und Stress abbaut. Das Netz darf nicht so tief hängen, dass das Pferd mit den Hufen hineingeraten kann.

**272c.** Leichtfuttrige Pferde sind im Stall gern gesehen. Sie brauchen nämlich wenig Futter, um ihr Gewicht zu halten. Robuste Ponys zählen dazu. Faustregel: Je ruhiger das Pferd, desto weniger Futter braucht es. Schwerfuttrig sind feurige Pferde wie Araber.

**273c.** Fjordies, Isländer und Shetland-Ponys sind anfällig für Speckröllchen. Ihr Körper ist an karge Kost gewöhnt und schon auf normalen Weiden nehmen sie ständig zu. Sie brauchen magere Weiden und als Zusatzkost Salzleckstein und Mineralstoffe.

**274a.** »Das Auge des Besitzers füttert das Pferd.« Damit ist gemeint, dass man sich nicht nur nach Tabellen richten soll. Jedes Pferd ist unterschiedlich. Darum muss der Besitzer beobachten, ob die Futterportion für sein Pferd zu klein oder zu groß ist.

**275b.** Pferde sind Pünktlichkeits-Fans! Da sie im Stall oft nur drei Mahlzeiten bekommen, wissen die Vierbeiner genau, wann die fällig sind. Ihr Magen stellt sich darauf ein. Darum muss man sich an feste Fütterungszeiten halten. Natürlich braucht man nicht mit der Stoppuhr neben der Haferkiste zu stehen, aber die Futterausgabe soll sich nicht um Stunden verschieben.

**276b.** Fressen Pferde nicht regelmäßig, spielt ihr Innenleben verrückt. Magen und Darm sind darauf eingestellt, unaufhörlich kleine Mengen zu verdauen. Gibt es eine längere Zwangspause, drohen Koliken. Nachts brauchen Pferde Heu oder Stroh zum Knabbern.

**277b.** Frühestens eine Stunde nach dem Füttern darf man wieder aufs Pferd steigen. Vorher braucht der Pferdekörper Zeit für die Verdauung. Stört man diesen wichtigen Vorgang, kann das Pferd Durchfall und Kolik bekommen. Vor langen Ausritten oder anstrengenden Reitstunden muss die Fütterung zwei Stunden zurückliegen.

## *6. Kapitel*
## *Erkennst du Probleme und Krankheiten?*

**278a.** Beim Anbinden wird der Strick durch einen fest verankerten Ring gezogen. Oder um einen Pfosten geschlungen, der in den Boden eingelassen ist. Niemals darfst du dein Pferd an einem beweglichen Teil anbinden. Türen sind total verboten. Das Pferd muss sich nur einmal erschrecken, dann reißt es die Tür aus der Verankerung. Die Folgen könnte man in einem Horrorfilm verarbeiten . . .

**279b.** Wenn Pferde ihre Weide wittern, flippen sie oft total aus. Besonders wenn im Frühjahr die ersten saftigen Gräser locken. Also beim Führen mit Bocksprüngen und Buckeln rechnen.

**280b.** Natürlich sind alle Antworten möglich, aber die allerwichtigste ist Antwort b. Tatsächlich haben sich schon viele Pferde verletzt, weil sie in einer Putzbox gestöbert haben, dabei Drahtbürsten in den Huf bekamen oder Medizinflaschen zertraten.

**281c.** Beim Führen eines Pferdes trennt man die Zügel mit zwei Fingern. Zerrt dein Pferd, gleiten die Zügel durch die Hand und dir passiert nichts. Die anderen Antworten hast du hoffentlich gar nicht in Erwägung gezogen? In Trensenringe fassen und Zügel verknoten – das war wohl nichts.

**282a.** Du willst wissen, was passiert, wenn du den Führstrick um Finger oder Hand wickelst? Denk mal logisch. Ein Pferd wiegt rund 500 kg. Wenn 500 kg einmal kräftig an deinen Fingern zerren, sind sie ab. Kein Witz.

**283a.** Wenn du sehr selbstbewusst vor Pferden auftrittst, genügt ein scharfes »Nein«, wenn sie in den Taschen nach Leckerli suchen oder dich anrempeln. Dabei schiebst du ihren Kopf energisch weg. Zugegeben, das klingt überhaupt nicht romantisch. Aber aus Sicht des Pferdes gewinnst du ungemein an Respekt. Dass man Pferden nicht ins Gesicht schlägt, darüber müssen wir wohl nicht reden?

**284c.** Stürmische Pferde lassen auf der Weide oder auf dem Paddock erst einmal Dampf ab.

**285b.** Hungrige Raubkatzen lauerten früher auf Bäumen und sprangen den Pferden ins Genick. Die Furcht davor sitzt noch heute in allen Pferden!

Darum versetzt ein Heißluftballon hoch über den Köpfen Pferde in Panik.

**286c.** Ein durchgehendes Pferd gehorcht seinem Reiter nicht mehr und stürmt in Panik davon.

**287c.** Die grenzenlose Weite am Meer wirkt auf jedes Pferd wie eine Aufforderung zum Davonstürmen. Auf seiner Stirn steht in Geheimschrift das Wort »Freiheit« . . . Ferienausritte führen oft an den Strand. Rechne mit einem ungestümen Galopp entlang der Brandung. Meistens passiert dabei nichts, die Pferde werden nur megaschnell.

**288b.** Humpelt ein Pferd, hat es Probleme mit den Beinen. Die Beine eines Autos sind bekanntlich die Reifen. Wenn die platt sind, kommt das Auto auch nicht mehr vorwärts. Genauso wenig wie ein lahmes Pferd.

**289b.** Ein verlorenes Hufeisen musst du immer suchen – wegen der herausstehenden Nägel. Tritt ein Pferd in die Nägel, vielleicht sogar im Galopp, verletzt es sich schwer. Stellst du beim Hufeauskratzen fest, dass deinem Schulpferd ein Eisen fehlt – sofort dem Reitlehrer Bescheid sagen!

**290b.** Frische Luft und Licht brauchen Pferde unbedingt. Was wir im  Stall als wohlige Wärme empfinden, ist für Pferde stickige Hitze. Und dass Pferde sich in der Herde sicher fühlen, wusstest du doch auch?

**291b.** Ja, Pferde können Sonnenbrand bekommen. Und zwar da, wo ihre Haut ungeschützt und dünn ist – an den Nüstern und am Maul. Schimmel sind oft Opfer von starker Sonne, aber auch helle Füchse können sich die Haut verbrennen. Zum Beispiel bei stundenlangen Wanderritten unter sengender Sonne. Als Vorbeugung hilft Sonnencreme mit starkem Lichtschutzfaktor, genau wie bei Menschen.

**292c.** »My home is my castle«, sagen die Engländer. Das heißt: »Mein Haus ist meine sichere Burg« Genau so empfinden Pferde ihre Boxen. In ihren vier Wänden müssen sie sich sicher fühlen können. Alles Neue, was ein Pferd verunsichert, wird auf der Stallgasse oder draußen erledigt. Zum Beispiel Tierarztbehandlungen.

**293c.** Ohne fremde Hilfe kann ein Pferd, das in der Box festliegt, nicht aufstehen. Gefährlich, weil das Pferd ständig versucht sich aus der gefangenen

Lage zu befreien. Vor Anstrengung kann der Kreislauf zusammenbrechen! Man versucht das Pferd am Halfter oder oben am Schweif – je nach Lage – von der Wand wegzuziehen, damit es Platz zum Aufstehen hat.

**294c.** Klingt merkwürdig, ist aber ein prima Tipp alter Stallmeister: Auf Reiterhöfen wirft man mit der Forke reichlich Mist über das Glatteis. Auf dem »Teppich« führt man Pferde sicher über den Hof.

**295a.** Schimmeliges Futter macht Pferde krank. Davon bekommen sie Koliken, das sind Mörder-Bauchschmerzen. Schimmelalarm gilt für jedes Futter – Möhren, Äpfel, Hafer, Heu und Stroh. Braune Flecken auf der Bananenschale sagen nur, dass die Früchte reif und süß sind. Trockenes Brot ist richtig für Pferde, weiches dürfen sie nicht fressen.

**296b.** Kennst du den Spruch »Man hat schon Pferde ko. . . sehen!«? Damit meint man, dass etwas total Unwahrscheinliches passiert. Genau so ist es – Pferde können sich nicht übergeben. Ein starker Muskel am Magen verhindert das Erbrechen. Verdorbenes Futter bleibt also im Bauch. Lebensgefährlich!

**297a.** Immergrüne Eiben sind für Pferde todbringend. Schon ein paar abgefressene Zweiglein genügen, um ein großes Pferd zu vergiften. Gefährlich: Eiben sehen Fichten ähnlich; man verwechselt sie schnell.

**298c.** Vorsicht! Leider erkennen Pferde keine Giftpflanzen. Zum Glück schmecken oder riechen viele giftigen Pflanzen bitter, sodass Pferde ihre Zähne davonlassen. Aber du kannst dich nicht darauf verlassen und musst aufpassen wie ein Schießhund, dass dein Pferd nicht von unbekannten Bäumen und Sträuchern nascht.

**299c.** Für Rasenmäher-Gras gilt Alarmstufe Rot! Absolut verboten! Weil es so kurz ist, schlucken Pferde es, ohne zu kauen, herunter. Im Magen und Darm klumpt es dann zusammen. Schwere Koliken sind die Folge, ein Pferd kann sogar daran sterben.

**300b.** Der Rippentest zeigt dir, ob dein Pferd die Idealfigur hat: Wenn du mit leichtem Druck mit der flachen Hand über das Fell tastest, musst du die Rippen spüren. Wenn nicht, ist dein Pferd zu dick. Sieht man die Rippen bereits, ist es unterernährt und braucht mehr Futter. Nimmt es auch dadurch nicht zu, hat es wahrscheinlich Würmer.

**301c.** Gefrorene Möhren darf man weder kalt noch aufgetaut in die Futterkrippe legen. Frost verändert Möhren und Krankheitskeime vermehren sich explosionsartig. Warme Leinsamen sind ein Wundermittel nach Koliken. Kaltes Pflanzenöl gibt Power für Leistungspferde.

**302a.** Reife Bananen wecken bei fressunlustigen Pferden oft wieder den Spaß am Futter. Nach Krankheiten päppeln Bananen schwache Tiere auf. Die Schale entfernen.

**303a.** Kleine, glatte Äpfel können Pferden zum Verhängnis werden. Im Trog rollen die Früchte ständig weg und lassen sich schlecht durchbeißen. Nimmt das Pferd den Apfel ganz ins Maul, kann er im Hals stecken bleiben. Äpfel schneidet man durch.

**304a.** Stallpferde drehen halb durch, wenn sie Futterschüsseln klappern hören. Sie warten den ganzen Tag sehnsüchtig auf ihr Futter. Liegt es endlich im Trog, darf niemals Hektik und Unruhe im Stall herrschen. Das schlägt Pferden auf den Magen, sie bekommen Durchfall. Im Offenstall kann Stress durch Pferde entstehen, die andere vom Fressplatz vertreiben.

**305c.** Die Umstellung in eine Krankenbox nimmt sensible Pferde so mit, dass sie nichts fressen wollen. Aber ihr empfindlicher Verdauungstrakt darf nicht zu lange ohne Bewegung sein. Oft hilft es, das vertraute Futter aus dem Heimatstall zu besorgen.

**306c.** Ab und zu leckt jedes Pferd mal über lehmigen Boden, aus reiner Freude. Fressen aber Pferde ständig Erde, haben sie oft einen Mangel an Mineralien. Es kann auch sein, dass das Pferd zu wenig Heu und Stroh bekommt und fehlendes Kauen durch Lecken ersetzt. Man muss das Futter überprüfen. Dauerndes Fressen von Erde ist gefährlich, weil der Sand sich im Darm sammelt und Koliken verursacht.

**307c.** Alte Pferde stehen häufig unten in der Rangordnung. Bei Gemeinschafts-Heuraufen auf der Weide oder im Offenstall vertreibt das Leitpferd den Senior oft vom Futter. Um diesen Stress zu vermeiden, braucht »Oldie« einen eigenen Futterplatz.

**308c.** Tasthaare sind für Pferde so wichtig wie für uns die Fingerspitzen! Besonders beim Sortieren von Futter. Klar, dass man diese Haare rund um

Maul und Nüstern nie abschneiden darf. Leider wird es in manchen Ländern doch gemacht, und zwar bei eleganten Pferden, die für Shows rasiert und besprüht werden, bis sie wie lackiert aussehen.

**309c.** Früher war es üblich, Kutschpferden die Schweife kurz abzuschneiden, damit sie nicht in die Fahrleinen gerieten. Bei manchen Kaltblütern gilt es heute noch als schick. Dabei ist es für die Tiere Quälerei, wenn sie lästigen Insekten schutzlos ausgeliefert sind.

**310a.** Ein spritzender Wasserschlauch, der sich am Boden schlängelt, wirkt für viele Pferde bedrohlich. Mit seinem Zischen erinnert er sie offenbar an eine Schlange; in der Wildnis ein gefährlicher Feind!

**311c.** Sauer wird ein Pferd, wenn es keine Lust mehr hat, beim Reiten mitzumachen. Dann ist es entweder überfordert oder hat in seinem eintönigen Leben jede Freude verloren. Sauer sind oft Hochleistungspferde, die unter unaufhörlichem Stress leben. Genauso oft findet man aber saure Pferde, die in todlangweiliger Einzelhaft in ihren Boxen dahinsiechen.

**312b.** Schaukelt ein Pferd in der Box ständig von einem Vorderfuß auf den anderen, nennt man das Weben – auf einem Webstuhl wandert der Faden auch von links nach rechts und zurück. Ein webendes Pferd ist erregt und schafft sich durch das Pendeln ein Ventil, um nicht durchzudrehen. Es braucht dringend Auslauf, Kontakte zu anderen Pferden und viel Heu und Stroh, damit es mit Fressen beschäftigt ist.

**313a.** Wenn Pferde sich nicht allein vom Hof reiten lassen und zu ihren Artgenossen drängen, ist der Herdentrieb schuld. Reiter sagen dann: »Mein Pferd klebt.« Bei Schulpferden passiert das oft. Das Pferd kennt den Reiter einfach nicht so gut, dass es ihm total vertraut.

**314a.** Koppen ist eine Verhaltensstörung. Dabei setzt das Pferd seine Zähne z. B. auf die Futterkrippe auf, schluckt Luft und wirkt wie weggetreten. Offenbar fühlt es beim Koppen eine Art Befriedigung. Gründe, warum Pferde zu Koppern werden: zu frühe und abrupte Trennung von der Mutter, zu wenig Bewegung, Langeweile. Selbst auf riesigen Weiden gewöhnen Pferde sich das Koppen selten wieder ab.

**315c.** Bei Koliken dürfen Pferde nichts mehr fressen, das würde die Bauchschmerzen verschlimmern. Darum wird das gesamte Futter aus dem Trog geräumt, auch die Einstreu muss raus. Nur Sägespäne sind als Unterlage erlaubt. Wenn du so eine veränderte Box siehst, heißt das: auf keinen Fall Leckerli, Möhren oder Äpfel geben!

**316a.** Bei den meisten Koliken (starke Bauchschmerzen) sind die Pferde unruhig, sehen sich nach dem Bauch um, scharren und werfen sich ständig hin. Pferde, die würgend den Kopf vorstrecken, haben eine Schlundverstopfung. In der Speiseröhre sitzt etwas fest. Bei beiden Krankheiten sofort Futter aus der Box räumen, Tierarzt rufen.

**317b.** Wenn der Schweif oben struppig aussieht, hat sich dein Pferd ordentlich gescheuert. Fast immer sind es Würmer oder Milben, die den Juckreiz auslösen. Dann verordnet der Tierarzt entweder eine Wurmkur oder Arznei gegen Milben. Ungeziefer siedelt sich bei Pferden in schlecht gepflegten Ställen an, aber auch bei Weidepferden, die Ende des Sommers zu wenig Futter finden.

**318c.** Pferde vertragen keinen Staub, darum husten so viele. Am besten stehen hustende Pferde in

Außenboxen oder im Offenstall. Das kannst du tun, um Pferden Staub zu ersparen: Binde das Pferd draußen an, wenn du die Box mit Stroh aufschüttest. Mach keinen Wirbel mit dem Heu. Frage den Stallbesitzer, ob du die Heuration waschen darfst. Dazu tauchst du das Heu in eine Wanne (evtl. Schubkarre) mit Wasser und bewegst es kräftig hin und her.

**319c.** »Reisefieber« bekommt manches Pferd vor der Fahrt zu einem Turnier – ähnlich wie du am Tag vor der Klassenreise. Damit ist einfach gemeint: Das Pferd ist aufgeregt. Dagegen sind Tollwut und Grippe schwere Krankheiten, gegen die man Pferde impfen lassen sollte.

**320a.** Kühlen, kühlen, kühlen. Und zwar sofort. Natürlich reitest du das Pferd nicht, Ehrensache. Von deiner Freundin würdest du ja auch nicht verlangen, dass sie dich auf dem Rücken trägt, wenn sie eine Sportverletzung hat.

**321b.** Alle Antworten zum Thema Satteldruck scheinen logisch. Aber nur Antwort b stimmt: Der Sattel muss exakt passen und du musst immer gut nachgurten, damit er nicht rutscht. Neue Sättel sind gar nicht so optimal, weil sie erst eingetragen werden müssen wie neue Schuhe. Bei mehreren Decken liegt der Sattel nicht mehr anständig auf.

**322c.** Pferde mit Sattelzwang schlagen beim Satelversuch mit dem Kopf, keilen aus und schnappen nach dem Reiter. Manche Tiere werfen sich sogar hin. Sie haben entweder Schmerzen oder Horror vor der anschließenden Reitstunde, die sie mit Angst in Verbindung bringen. Sattelzwang lässt sich nur langsam und mit viel Geduld beheben.

**323a.** Lässt ein Pferd Gras oder Heu als zusammengedrehte Röllchen aus dem Maul fallen, kann es nicht richtig kauen. Meistens sind Zahnhaken schuld, scharfe Kanten an den Zähnen, die bei jedem Biss ins Maul schneiden. Der Tierarzt entfernt sie mit einer Raspel.

**324b.** Bei einem Einschuss – fast immer am Bein – ist durch eine Wunde oder einen Insektenstich Schmutz unter die Haut gelangt. Das Bein entzündet sich und schwillt an. Ein Einschuss kommt so blitzschnell wie ein Schuss, daher der Name. Er tut dem Pferd entsetzlich weh und muss schnellstens vom Tierarzt behandelt werden.

**325a.** Mauke heilt ganz schlecht. Diese unangenehme Krankheit entsteht in der Fesselbeuge, wenn die Haut ständig feucht und schmutzig ist, z. B. bei mieser Einstreu. Damit das Pferd keine Mauke bekommt, trocknet man nach jedem Ausritt und Waschen die Fesselbeugen ab.

**326b.** Das Pferd schiebt seine Vorderbeine weit vor, hat Mörderschmerzen und kann kaum stehen – deutliche Zeichen für Hufrehe. Diese Krankheit wird fast immer durch Fehler bei der Fütterung ausgelöst. Brenzlig wird es vor allem für Ponys, die im Frühjahr zu viel Gras fressen. Ihr Körper wird mit der Frischkost nicht fertig und spielt verrückt. Das endet mit einer Entzündung in den Hufen.

**327c.** Nesselfieber sieht dramatisch aus, ist aber meistens nicht schlimm. Das Fell ist übersät von Quaddeln. Ursache sind Insektenstiche, Pflanzen auf der Weide oder eine abgemähte Giftpflanze, die sich im Heu versteckte und mitgefressen wurde.

**328a.** Pferde mit Sommer-Ekzem reagieren allergisch auf bestimmte Mücken. Nach jedem Stich beginnt die Haut unerträglich zu jucken. Das arme Pferd rennt in Panik über die Koppel, sucht jede

Gelegenheit, sich zu scheuern, und schont sich dabei nicht. Mähnenkamm, Kruppe, Schweifrübe sind oft blutig und wund. Als Vorbeugung schützt man das Pferd mit einer Ekzemer-Decke, wie du sie auf dem Foto von Seite 97 sehen kannst.

**329b.** Die normale Temperatur liegt bei Pferden zwischen 37,5 und 38, 2 Grad, also fast wie bei uns Menschen. Ab 39 Grad spricht man von Fieber.

**330c.** Pferde leiden stumm. Aber ein Schmerzgesicht erkennt man, wenn man sehr aufmerksam ist: stumpfe, abwesende Augen mit tiefen Falten darüber, schmale Nüstern, nach hinten gerichtete, bewegungslose Ohren. Das Pferd wirkt angestrengt, nimmt die Umwelt kaum wahr und richtet den Blick nach innen.

**331a.** Wurmkur nennt man die Arznei, die Pferde drei- bis viermal im Jahr einnehmen müssen, damit alle Würmer in ihrem Körper abgetötet werden. Vergisst man die Behandlung, wird das Pferd krank, magert ab und bekommt Koliken.

**332b.** Pferde können sich nicht lange konzentrieren. Das bedeutet, dass man ein Pferd nicht stundenlang mit Übungen »drillen« und ermüden darf. Viel besser ist es, neue Lektionen nur kurz zu üben, dafür aber häufig zu wiederholen. Sonst schalten Pferde ab und verweigern das Lernen komplett.

**333b.** Weil Pferde so friedfertig und geduldig sind, merkt man nicht sofort, wie sie leiden. Aber das tun sie, wenn sie nur in Einzelboxen gehalten werden. Wenn sie nie auf die Weide oder in Ausläufe dürfen. Wenn sie nicht mit anderen Pferden zusammen sind. Viele stehen nur noch niedergeschlagen in der Ecke, haben zu nichts mehr Lust und verkümmern. Andere werden schwierig im Umgang. Wenn du später mal ein Pferd hast, lässt du es bestimmt oft auf die Weide und sorgst dafür, dass es Pferdefreunde findet. Versprochen?

# Siegerehrung

Hast du alle richtigen Antworten zusammengezählt? Dann erfährst du unten, wie gut du bist.

**270–333 Punkte:**
Wahnsinn! Was du alles weißt, einfach megagenial! Mit deinem Superwissen steckst du viele Erwachsene in die Tasche. Jedes Pferd kann nur davon träumen, dich als Besitzer zu haben . . . Glückwunsch zum Wissens-Sieg!

**200–269 Punkte:**
Platz zwei ist ebenfalls ein klasse Ergebnis! Alle Fragen musst du gar nicht beantworten können. Wenn du beispielsweise bei Rassen oder Farben oder Pferdesport etwas unsicher warst, stört das keinen. Hauptsache, du kennst dich mit pferdefreundlicher Haltung aus!

**120–199 Punkte:**
Auch du kannst noch echt zufrieden sein. Bei dieser Punktzahl hast du bereits eine breite Ahnung von Pferden, von ihrer Sprache, von Ställen, Weiden und Krankheiten. Lies noch ein paar Sachbücher über Pferde und guck dich auf Reiterhöfen und Weiden um, dabei lernst du viel dazu.

**60–119 Punkte:**

Eine pferdige Grundlage ist bei dir da! Aber du solltest dir noch ein wenig Nachhilfe genehmigen. Jetzt hast du ja den Überblick, bei welchen Pferdefragen du im Nebel stocherst! Gute Gelegenheit, deine Eltern nach Ferien auf dem Ponyhof zu fragen . . .

**Unter 60 Punkte:**

Okay, okay, jeder fängt mal an. Immerhin hast du alle 333 Fragen und Antworten gelesen. Das heißt: Du weißt jetzt bereits viel mehr als vorher. Vielleicht hast du Lust, alle Fragen mit deinen Freunden noch einmal zu lösen? Garantiert sieht deine Punktzahl dann schon viel besser aus!